我的灵魂骑在纸背上

三毛 著

南海出版公司

青马（天津）文化有限公司
出　品

许多人一生只活一次，
但我活了许多次不同的人生，
这是上帝给的礼物。

目录

致家人

致友人

致家人

穷穷的但快快乐乐

一九六八年九月六日

姐姐：

回来马德里十二日，人是病得一塌糊涂，月事不停地来，胃痛，腹泻，接着口腔内化脓肿痛发烧，人几乎不想再活下去。J[1]来过好多次长途电话，人如疯了一样在忧急。姐姐，我已去信请爹爹、姆妈帮助我这下一年的生活，我要去德国，看见J这个样子我也不得不去了，昨日来电话，一叫他名字，他就说“人好了没有”，然后一句也讲不出来，我自己拼命哭，一个电话打了好久，没有说什么，两人都激动得不得了。他那个性本来就是个急性人，我一个人在此再长久分下去他第一个要崩溃了，而此次我回马德里，本想两人可以淡忘，但没有办法，我一跟他在电话里讲话，他就弱得不得了，这人完完全全变了，从前野心十足，现在只要能早早安定下来，怎么也甘心了。今天他来快信，一封信邮票十七马克（约四块美金），写得很多，

① 三毛在德国求学时的男朋友。

他自己亦要写信给爹爹、姆妈，但叫我写信给你，求你替我们跟爹爹姆妈处去讲讲，他十分十分喜欢黄均运，也信任你。虽然我这一年如果结婚仍得家里帮助我，但我们目前情形这样心理负荷太重，我不怕开口求爹爹、姆妈，因他们是世界上最爱我的人，我现在这样下去自己也坚持不下去了。姐姐，你去跟家里讲，给我十月初去柏林，我在此一样花费，而我本想圣诞节去，但如缴“马大”学费又是一笔费用，不如现在就去德国，我可先住“学生村”，等一有“夫妇宿舍”空出来我们即结婚，所谓结婚不过是办办手续简简单单而已，但我知道，爹爹姆妈当我宝贝，我就此嫁了J，他们心里不知会觉得有多可惜，但我们感情很好，他太爱我了，我将来万一后悔也认了，凡事都是命中注定，如果这一次的爱情再错过，我一生一世都要懊死。请你去跟家里讲，J可怜，电报、电话，如我再不去，他钱全花在这上面，当初交友时绝没想到他如此如此痴情。姐姐，我和他情形也不多讲了，请你帮我忙，姐夫回来一定大吃一惊，当时在M岛我告诉他我有本事去美国，忘掉它，他说不会，反而相反，只会更想去柏林，果然被他说中。姐姐，你去跟爹爹、姆妈商量，我们省省用过这一年，明年十月他可念出来，我们两人做事赚钱寄回来，我永远也不会明白这样做是对还是错，但目前我们分不下去了。我计算你最快最快也得十一日方收到这信，请马上跟家里挂电话，快快给我回信好吗？因我要去使馆办手续，我昨日有家信去，只说十分希望爹爹姆妈帮助我，但我没有坚持，我知道如果我去美，J必伤心得不得了，我也没有一定要去另找对象的必要，你是家中老大，你去讲讲劝劝，也许他们会答应我，只说我想早点去德，我结婚什么也不用，我穿长裤都不要紧，但J也不会亏待我的，总说有钱了总给我足够打扮的衣着。我也不多讲了，这一阵心情负荷太重太重，夜间梦哭，白天人没精神，这样下去是最不好的事，请你帮助我，这事错或不错都已成定局。我改变了很多，没有一点虚华富贵名利之心，只望我穷穷的但快快乐乐就是，明年J一赚钱，再苦也按月寄一点点回来给家中，姐姐，如果家里要我再考虑，我目前这一段日子就过不下去了，但你不要去吓他们，乐观一点去讲，告诉他们江家大妹的例子，我不是普通女孩，我不在乎美国的博士之流，我也不怕我苦，我自己找的，如果这二年内没孩子来也不会有什么麻烦，J这个人一向不十分乐观，分下去他根本书也念不下了，再弄弄他说不定自己又跑来马德里。我要去德国，请跟家里讲，目前我尚有三百十元美金（姐夫另有一百给我不算在内），爹爹到十二月前不必寄来，请快给我回信，你看情形，无论他们答不答应都来信告我，只用简单写写就寄出来给我。这是我第一次真真求你，请你明白我，我们感情在一起时应算很好，如果我现在在外真正在意的也只有你和爹爹姆妈和两个弟弟，我真的什么也没有了，再拖下去我受不了，我请你帮忙我。信任J对我的感情，虽然他有许多缺点，但我知他真真爱我，不多写了，请快回信。蕙蕙好了吗？芸芸是不是在等爸爸？

P. S. 我之前十月想去主要是学生村有房子，只付单人房七百五十台币，夫妇宿舍只付一千五百台币，如不早去没有办法住了，住外面又太贵。

妹妹

Madrid

如果落成秃头我会发疯

一九六八年十一月三十日

姐姐：

梦中见到芸芸、蕙蕙不知多少次了，奇怪的是两个小孩在梦里清清楚楚。许久没有给你写信了，你婆婆黄伯母开刀我由姆妈处知道，不知好了没有？外公外婆要赴台，看家中来信爹爹姆妈心事重重，外公脾气你知道的，实在不讲理，像小孩一样，前年他来一月，一天到晚拖着我，才一个月我就受不了，现在来不知是否要长住？小阿姨自然常常来我们处，毛毛念书怎么办？姆妈忙做吃的尚得应酬外公，因不陪他是不行的。我看爹爹来信很愁的样子，这事我都不能想，恨不得自己尚在台湾，陪外公也就罢了，虽然不情愿总可减点姆妈的重负，现在怎么办？

我学一月德文，成绩很显著，一个月前一点也不会讲的人，而今已可表达些浅近的句子了，学校保证我们三个月说德文，我相信没有问题，“歌德”实在是好学校，如果我能学成德文，相信这将是我文法发音根底都最好的语文，英文比较之下倒没有根底。现在生活除了上课（由下午三点到七点，天天上）之外，回来吃好晚饭洗好碗，就是念书到夜十二点，早晨九点起床梳洗完毕再念到二点，下午走去上课，生活完全没有娱乐，没有声音，也没有什么盼望。J 每二三天来两三钟头，我煮些东西给他吃，吃完他又去了，大家功课逼死实在没有时间吃、玩、见面，这种紧张生活我居然也过下来了，每天数星期六，因为周六 J 会来接我跟他去同念书到晚上，星期日清早再来接我去宿舍同念到夜，这也许是我最大的快乐了，平日没有一个可说话的人，学校同学各自忙各自的，赶来上课上完了一冲而散我也交不到什么朋友，自己也无时间。J 总算对我好，虽然我们彼此反悔了没有结婚，但也是情势无法结婚，平日生活细琐事情他实在实在太细心周到了，无论我银行、居留、警察局、注册，甚至寄挂号信全是他在陪着弄，昨日因我健康保险要查全身身体，由眼睛、鼻子、牙、脊髓骨、腹、心脏、X 光、血液小便全部查过（请告诉家里本人大概全部没病），J 步步相随，由早七点半陪到下午，这种事我一生也没人如此对待过。生活在此虽然精神上物质上都稍稍有点苦，但这一年里为着 J 我也得使自己快乐起来，明年如果冬天他能结束学业我们再做打算。心情常常万分沉重，好几天 J 不来我便可以继续三四天不讲话（学校不算，上课答问题不是讲话），他一来我就是要哭，我一哭他又难过，觉得我在德没有好日子过，其实不是的，只是常常觉得太寂寞了，这是个冷淡的城市，彼此无时间来往，外国人来住实不太能习惯。

我的头发掉得很厉害，在西国时就拼命掉，我并不在意，在夏天 Mallorca 岛时掉得一把一把的，来德后更甚。直到前一星期左右我洗头突然发觉怎么头顶心的头皮都可看见了，人真真急死，我这二星期来人方急疯了，真的少得不得了，一把就可握住全部头发，这是突然发现的，以前没有注意到，现在我换了头路梳头发，把少的地方盖住，但如果再落下去怎么办？我如果落成秃头我会发疯，J也落发，但他是男的不要紧，我甚至想明年回台来，如果是气候、食物不服不该落得如此，J说如果再落下去我回台湾，看看会不会好，我下月要去看医生了，我真急死，这事一想就闷闷不乐。

在此吃得不好，但人胖了，因一天到晚牛油面包和麦片果酱是我主食，鱼肉吃罐头的较省也较省事，蔬菜很少吃，今日吃一棵白水煮菜花居然津津有味（拌肉松）。平日念书而已，很少别的娱乐，这也值得，如果一年后会讲德文又是一国语文。来德二月吃过二次新鲜肉，这是大家都如此生活的，但本人活得头晕眼花，而一月四百马克一个也少不了，如果天天吃些肉那么生活费不能平衡。明年我想找个一百马克的房子，可以省些钱（目前一百六十马克，即一千六百台币）。此地已下过一次大雪了，明天可能又会下，好在如下雪J再忙也会赶来开车送我去上课，这种事不愁的，他是个好男朋友。

姐姐，如果你有看过报纸书刊请收集起来用船寄寄来给我好不，但这不重要，我只是随口说的。我在此看不懂报，国际间发生什么大事全是J讲给我听，他又很少讲，只顾他自己看，结果我的世界如同被封住了一样。

姐夫尚好吗？请你特别问候他，J也问候他。

两个小姐有没有照片？我来德至今尚未有闲有钱拍照，明春拍些寄回来给你们。

碧珠好吗？请你告诉她，今年圣诞节我没有钱寄卡片给她了，但寄不寄一样记得她。

听说大弟将来德，是来柏林还是去西德？

我圣诞节将去J家过节，一月三日他妹妹结婚我会留下来。J的妈妈、弟弟都已来信叫我去，这一家人对我实在够好，台湾蘑菇他妈妈在Böblingen买罐头再寄来柏林给我（想我是台湾来的自爱吃土产），平日常有长途电话来给J。不多写了，你不必回信，有空才写。

妹妹

零下二十度我一样上学

一九六九年一月十四日

姐姐：

今天收到你和爹爹同时来的信，真是喜出望外，尤其此次蕙蕙照片真的换了一个人，怎么胖得那样，真正好看，毛毛抱着那张也拍得好，是谁拍的？以前照片拍得距离太远了。我下午带去给同学们看，人真奇怪，这里漂亮小孩太多，我看了一点也不动心，蕙蕙芸芸照片一来我就喜欢。你有孩子的事我竟然到现在才知，大吃一惊，希望这次不要是双胞胎，一个小孩由小带大有多辛苦不易，三个足够了，以后不要再有，生男生女都不要过分看重，我倒喜欢女孩子，这年头都是一样。来个小的也好，起码芸芸可以学学做姐姐，要她不许抢东西，从前两个一样大，她自然不懂得让。你存的钱千万不用寄来给我，我在此用不着，人全变掉了，吃的穿的全无欲望，如果不是生病，圣诞节送礼所用比西国还少，西国时的好日子不去想它也罢。此地就是学费贵，但教得可真正好，我苦于念书，但也很高兴德文根底被打得扎实，西班牙文我自己学的，从来没有人有条理地教过我，德文就不同了。但下月又得缴学费了，我Caty所赚只收到三百马克，去信要其他六百马克，他们却不寄来（有合同在不怕它赖掉，只是气它怎么不寄来），一学期六百五十马克实在太贵。我现念的是一种紧的班，九个月保证可跟得上一般德国大学的课程，我预备念完九个月就拿证书，便不再念了，那时大约是今年八月左右（J都已在考他的学位考试，到十一月约可全部结束）。如果J不失败的话，冬天我们找事结婚，如果通不过考试（太多了，他有七科，一科考足足五小时），我希望回台湾来，因长期用爹爹钱心中实在不是滋味，美国人情淡薄我亦不想去，如去找对象于我又谈何容易，我没办法为了找丈夫去交朋友，好在我也不急。J在生病，发烧发到四十度，上星期我刚由西德回柏林，功课跟不上，人急疯了，J天天夜里来补习，结果大概受了凉，咳得不得了，后来我亦伤风咳嗽，他又把医生给的药给我吃自己不吃，因两人实在太忙无法一再去看医生（要等很久）。从家中回柏林后，J就没吃过东西，一天一片面包，骗他吃、生气全没用，他说吃不下。星期六日我一直在陪他，结果他却迫我躺着吃药（我没有发烧，只是伤风）。现在我好了，他却一直在病，住得又远，我两天没去看他，也不知他怎么了，虽说J是德国人，但病来了一样无人理睬，他又急功课，人躺着才五分钟又撑起来打字，打字全身虚汗湿透又去躺一下，这人身心负荷全放不下，因此不可能快乐。对我的感情与其说是我的安慰，不如说是他的安慰，因他照顾我反使他自己觉得有个人可以关心，德国全是寂寞的人，谁也不在乎谁。如果不是为了J，我现在就想回来了，总也舍不下他，这种感情跟从前男朋友们又不同，现在两个人，什么全得自己来，日子完全不罗曼蒂克，他亦很少带我去玩，偶然买个鸡罐头都得想个半天，蔬菜偶尔吃一点却让来让去的，有时我气起来常常对他讲："我们回台湾去，一天到晚给你吃肉，吃蔬菜，又不是什么了不起的东西，德国却偏偏没有。"实在想回来，只望J快快毕业找个好事做，我们好快快回来，但如今烦他念不出来，我要回来了，没法再在此等下去，找工作也不易，回台湾等他吧。

我的病完全是心理病，一回柏林马上又不好了，腹泻，脊椎又痛，伤风咳嗽，人不快活，在Böblingen时起码天天跟J在一起，真正怕死寂寞了，现在又每天一个人。

此地地面全结冰了，走起来很不容易，昨天上学，在最热闹的一个广场上滑了一跤，真丢脸！冬天靴子至今没有买过，冬天反正也快过了。最冷时零下二十度我一样上学。

宝宝仍是老样子吗？我实想回来，但想想爹爹心情自己就不忍，我知道他十分担心我的婚事，如果回来了还是不结婚住家中，他岂不先急死。两个弟弟又糊里糊涂的，毛毛考大学我实天天在担心，万一考不上怎么办。

不多写了，谢谢你寄生发油给我，我头发真的只有一点点了。

大弟不出国我很赞成，如果有很多钱带出来，不愁时间，好好过日子慢慢游山玩水，偶尔上上课自然另当别论。学工的又方便一点。

请问候姐夫，J常常念着他。碧珠若要离开请她留新址给你。因她曾送我一大圣诞卡片我尚未回信。

妹妹

不要流露出一点点软弱

一九七三年八月三十日

亲爱的全家人：

我已经三十几小时没有睡觉了，香港启程时间是八点左右，坐了二十小时飞机，到伦敦是清早六点半，排队三小时入移民局，所有的三百多乘客全部放行，只有我一个人因为护照的原因，被关在移民局的暂时牢狱里。我申辩无用，我要求警方送我去另一机场赶赴西班牙飞机，他们笑笑说好，但后来他们特别拿了我的行李，在众目注视之下坐上警车，放我入一个如西方收留犯人的地方，女警察守着我，我问他们理由，他们说他们只关人，不能答复理由；我要求见律师，也不允许；要求打电话给爹爹朋友，他们代打，但黄律师不在伦敦。问他们我要留多久，答复也是“不知道”；问为何要关我，是否所有过境的人他们高兴就关？他们说只关没有签证的人，我说我不需要签证，因为我不进入他们国家，我只是不幸被旅行社安排在一个需要换车的机场。他们说“那就是有偷入境的意图”。可能安排我回香港，我想那是不可能的，我并不紧张，只是没有人给我申诉，不许见律师，这种倒像电影里的最黑暗冤狱案件，我的一生什么怪事都发生过，想不到又来一桩，这信因为是用中文写，所以他们要找到翻译的人才可代寄。这里面有好多人，已经关了不知多久了，他们已经沉默到不愿再申诉，我要求见律师时他们有一个用德文说："你算了，没有用的。"英国人马上大叫："不许说外国话，你的英文足够你在伦敦做律师，你下次再敢讲外国话，我关你到小房间去！"有一个女警察跟我说西班牙文，她被上司拉了头发拖出去，过了半小时她眼泪汪汪地出来倒茶。我想英国人可真是凶，因为他们怕那个女警察同情我。这是移民局的拘留所，我想里面有吃有住，逗留一下也是一种经历。如果你们收到这封信我大约也没事了，就怕被送回来，因为有一个里面的已被送回他的国家（也是换机场，被视作意图偷入英境）。

一个中国人，就因为自己的一张护照是台湾的，已经成为一个没有法子申诉的犯罪行为，如果要打国际法庭的官司都找不出证据。我照相机被没收了，所有的东西全没收了，只有身上一件衣服和囚衣，我拒穿囚衣，因为我要律师，要移民局告我，好有审判，但他们说会在很久很久以后。如果我寄完这信过十天没有电报来，请打长途电话给伟权，我想再关几天我一定溃不成军了。经过这次事情之后，我想我会很快回来，一个没有国家保护的中国人在外的血泪史我想还有很多很多，我想世界上的事并不公平，但我尽量镇静自己，不要流露出一点点软弱的表情来，我在跟守着我的移民局主管谈台湾的经济和政治，还有我们的生活，有三个放下工作来听，他们说很对不起，是上面要关的。我谈话他们很爱听，但不能放我有什么用。

爹爹，姆妈，你们想想一个人这样的经历多么有意思，我做梦也想不到会在这里，我告诉他们，你们随便关，我实在不急，他们说不会关你太久，因为要送你出境回香港。我想我真需要些镇静剂，我很累，不给我见律师是不公平的。黄律师去了香港。这种不公平的待遇有一天我要报复他们，这也是今天莫名其妙被押回国的一个黑人大叫的。我说你们的电视《复仇者》已在台湾演，我是一语双关，他们很聪明，他们笑了，说我很会用“英文”。我想我还可多撑一阵，如果被放了，我想我这一次精神上的刺激会使我做出许多以前不会做的决定，有一天我们不会再这种样子。

我被叫去听审，我的资料已经打了小小一本书那么厚，我看到这些心里不禁有些佩服他们工作的精神。那不是法庭，是移民局，他们用“偷渡入境”的罪名起诉我，如果我同意被解递出境，并且同意签字认罪，我可以今天离开英国。我笑起来，我告诉英国人，你们实在太滑稽了，这不过是一次机场转机的一个小误会，而你们弄得像一个大罪案，他们说“现在你可以找律师告我们，如果你不同意离境”。我说我同意，但是你们一定要听我对自己、对你们、对这种不公平的待遇的批评，如果你们不听，我就不走，我起诉。他们说要听，我就一件一件分析给他们听，批评他们的错误，头脑简单，没有人情味，没落的帝国尚在做着褪色的美梦，以为英国还是全世界人向往的地方，不知道自己的处境，自尊，自大。我讲完了，他们听完了，他们说：“你实在是了不起的女孩，你知道我们如果不是为了你的护照，一定更加敬爱你。”我一听又气起来了，不过他们全对我很好，因为已经结束了。我被送回来，睡一下。晚上八点被解递出境，机场在四十公里外，倒解决了我的车费。他们说回香港他们也付费。

我现在在英移民局有案，我想过三个月在马德里再申请试试，如果被退回，就是一辈子也别想来英国了。

英国郊外景色如诗如画，实在美丽。国内人如来英换机，一定要先弄清楚是否两个机场。

这样到今夜我离境，我可以说被关了十四小时。我是最快的了，只有我一个人走，旁人很羡慕。现在已经两点了，移民局的人请我同去吃饭，我想一旦我去，别的关着的人心里怎么想，所以我说我吃囚饭不要紧。他们说你还要什么，我说我想去伦敦买衣服，请女警察一起陪去，他们说你真不生气了。我说吃得这么好（真好），不出去也不要紧。他们都来向我要木头做的名片，这些人真奇怪，其实外国人很容易相处，我总有法子对付他们，但是他们今天先对付我不是为了我个人，而是我的护照，人生真是奇妙的事，护照到底代替什么？我的身分？立场？还是什么？

现在移民局的人烤了一盒特别的肝来给我吃，我吃完了，他很高兴，特别做的，我们变成奇怪的朋友，有一个年轻的移民局人甚至问我对国际婚姻的看法，我留下了地址给他，他今天送我去机场看我起飞，现在他叫车载我去。

我没有被放，又到另一个坏一点的收容所，里面的人大半都是换机被扣；也有比开学早来了两周，先关起来，开学再放去念；

也有人被送回国，形形色色，吃住都不要钱，真不懂为什么，今天我坐计程车跟移民局的年轻人来换机场，他说："你真福气，没有旅客坐计程车去机场，全是巴士，你有好东西吃，坐车看了一小时风景，又被完全照顾直到登机。"我谢谢他，想他真不错。闹了一天，晚上八点半登机，算香港二十七日起床到现在正好四十八小时没睡。咳得快死了，晚上放我。英国人真笨，早上不放，晚上才放。

上机赴西时移民局另外一个单位送我去，我的 paper 上写着"意图偷渡入英"。西班牙机长看见我的这张纸，拒绝我上机，我讲给他听，他说不要听，现在即使我有入境西班牙的签证，他也将我交给西班牙移民局外事警察，我现在没有护照，机长拿去了。如果被拒入境，我尚得回台，想不到此次飞行如此不顺利，我快累死了。很后悔出去。现在正飞西班牙。如果可入境，我想去住医院一星期休养，Cla 家太吵，我一点声音都听不得。飞机吵得我快疯了。如果不给入境（因为英国的纸转到西班牙外事处），那么我只得回来或跳楼。

妹妹

爹爹姆妈全家人：

我已安抵马德里，外事处由英国方面将我资料送到西班牙移民局，移民局的人看了一看说："王八蛋，英国人有精神病，请进来，孩子，西班牙永远是你的。"然后把我的犯罪资料丢进字纸篓里面去了。说“精神病、精神病”我就如此进来了。西班牙到底不是我看错的国家，打电话我正在跟Cla妈妈说“不能再讲了，零钱用完了……”马上有一个男孩子一句话也不讲，塞了一大把铜板给我，有人拿箱子，有人带大衣，有人提东西，有人叫车送我到Cla家，一定不肯拿计程车钱。Cla妈妈为了给我睡觉，一清早就把电话拿掉，失去了长途电话的机会，她去市场（如中央市场，要批发才去）买了一大箱一大箱的饮料、火腿、鸡、米搬回来，高兴得不得了。我很累，但她一直讲一直讲，一直叫我吃，我想换“国籍”，她说去找律师，一定想法弄出来，这些不必跟Claudio说。

西班牙人太好太好了，飞行那么久，只有坐在西班牙人旁边，有人送水，有人盖衣服，有人开灯，有人给药，或者说西班牙男孩子太好了，我没有来错，比比英国人，移民局像一场噩梦。但过二个月我还要去试试，希望有电话可打（长途）。

很想念你们，尤其是小妹妹们，我睡两天再上街，现在走不动。

妹妹

三毛全家福，由左至右是父亲陈嗣庆、三毛、大姐陈田心、大弟陈圣、小弟陈杰、母亲缪进兰。

我像出鞘的剑

一九七三年十一月三日

爹爹、姆妈：

今天早晨七点醒，十点半出来，报馆经过SEPU公司力争，第二日又登了我的照片，我今天去“Iya”报看看朋友们，再去邮局寄稿子，寄完出来又碰到一群年轻游客问路，我又带他们走了一大段，再去徐家。徐家出来已是四点半，我五点半有酒会，课在太远，赶去上来不及了，回来没有休息，换衣再出去已是下午五点半，六点到酒会（SEPU公司东方艺品展），总经理亲自带我参观，我迫于他们对我太重视太亲切。（我是谁呢？他们有教养，所以如此礼待我。）我定了一件印度来的衣服，一千七百块西币，我要模特儿身上那件，要等下星期才有，但我可以打八折。太漂亮了，不是印度土人服，是晚礼服。

今天SEPU送我一套化妆品，约有十样，我忘在Salinar的车子里，伞掉在不知哪里。我今天去SEPU（一共去过两次办公室）大家都叫我Eco、Eco，我酒会里碰到的熟人比Salinar还多，他说：“老天啊，你什么时候认识了那么多奇怪的人啊，我去了一趟台湾半个月，你在这里一定天天在 SEPU 逛。”其实真的没有，我不知道怎么认识的。今天跟一个英国朋友谈了很久，他努力在鼓吹我，说我在马德里太埋没了，现在应该去英国，找大的通讯社做记者，他说我没看过一个比你再有外交能力而又能深谈的人，你为什么不去英国闯，不要发神经病再念书了，就用你这种破英文写文章，一定有人会用你。我是没有动心，但是欧洲我是可以有发展的。

这一箱破衣服来也派了无数次用场，包裹到时我会更漂亮些，现在还没有大衣。今天带了一个中国女孩小林（她过去也在这儿念书，也跳舞，现在又来了），Salinar 对她大感兴趣，所以我们酒会后又去吃晚饭，饭后四个人去跳舞（我，小林，S，还有 S 公司的总经理 Ramon，也是我很要好的朋友），跳舞时我也累得跳不动了，二点回来，怕吵了同房的女孩子，匆忙上床，翻来覆去睡不着，又流鼻涕，又口渴，吵得她无法睡，所以我干脆到客厅来写信，两个人住很不方便，我又是夜猫子，白天要累，夜间失眠。欧洲生活过惯了，去美国做平淡的家庭主妇会疯掉，天啊！我要休息，休息，但约会（不是男朋友，是再也推不掉的事情，如请我吃饭，如上几个礼拜就约好的男孩，到现在排不出时间来，还有学校同学，稿子要做的采访要照片），要说也说不清，比台北还忙，电话我搬来才两天，响个不停，其他女孩烦死了，我真抱歉。但是夜夜失眠，眼眶都灰了，皱纹来了，我老得很快，太累了，但没有法子放下工作，念书，我也不愿放下，圣诞节应该可以好好休息几天，我除了身体吃不消之外，没有别的，人参没有空喝，我根本一天到晚不在家。

要说的东西一大堆，冰箱是空的，没有时间买。今天坐地下车，又挤又闷，下车走二十分到徐家，Mari给我吃面条拌番茄酱，我真怒，坐了半死的车，走了半死的路，吃了一顿这样的饭。我想一个人不能太忙，认识的人再多，有了病痛还是自己一个人生病，不会有人有时间来管我，我希望明天能睡一大觉，但看情形又会被电话吵起来。天呵，麦玲来信说我出国是逃避，她说你在西班牙可以这样过日子，如果在美国可就不行了，我在想，我在此的忙是一辈子也没如此忙过的，我很少跟麦玲讲忙的生活。一月一篇稿，再每星期上那么多堂课，再有这么多乱七八糟的事。我总想回来大睡特睡，没有别的奢望了。因为回家可以休息，但是家在千山万水之外呵！最近手纹生命线淡得要死，人是在虚了！所做的事也全是虚的，并不实在。天亮了，我现在去睡一下。我明年回国休息两个月再去美国还是直接去？我很想回来休息。我像出鞘的剑，光芒太露，但并不管用，如果上帝给我健康，我可以闯出一个天下来，但人不能十全。我是一样也不全。

十一月三日今天清早睡，梦到姆妈来接我回去，爹爹坐在汽车里等，还有麻麻（大伯母）在一起等我回台湾。

小妹妹们病好了吗？我很想念。姐姐我有信给她，收到了吗？是回她寄来芸芸画小人的，她来信未提，好似没有收到的样子。

我真不想念书，西班牙文讲讲够用了，没有精神。在看《胡适文存》里面的一篇“新女性的人生观”，讲得很好，我十分赞同，简直在讲我嘛！

妹妹上

P. S. 现在已是下午一点。我决定不出去，管你什么约好的，我全推病不到（本来今天要去一个西班牙朋友家煮晚饭），倾盆大雨，我又将房东留下来的一把伞掉了，还得去买一把赔她，自己也买一把。梦见你们心中忐忑不安，我很少梦到家人，醒来总是不安。

此地同住的一个女孩太爱清洁了，家中一尘不染，我住得真难过，她天天洗地，洗厨房，打扫客厅，我也只好努力保持清洁，我比较喜欢跟脏乱的人同住，自在些。我是很乱的，也不清洁，衣柜到现在还是堆着不去理它。现在泡人参吃。

我那么丑　却无往不利

一九七三年十一月二十二日

爹爹，姆妈：

收到你们来信真是十分高兴。为此付了十块钱给拿信的女孩。我已三天没有上学，在家赶《实业世界》的稿子和翻译经济新闻，另外要些照片，我写得很不好，专访不用自己的笔调写十分生硬。编辑此月没有来过信。来西也只收过两封信，十分不负责任。

现在我跟此地西班牙“历史考古博物馆”的馆长在约会，他的馆在我住的附近，是马德里最高级的一条街，占地十分广，是过去皇宫之一，我们二个月前认识，但是只打了数次电话，我以为他是老头子了，前个星期见面才知是二十七岁就做馆长的就是电话里的人（我去办公室找他的）。他现在不忙了总来带我出去，我苦于没有衣服，我不是傻瓜天天叫衣服，却又不去买，而是此地实在太贵了，一条长裙三千块，一条裤子一千五百，我实买不下手。此人温文儒雅，有教养，有学问，精明能干，是个念书人，长得也好，一看便是大家出身，说很好的德文，我又进入了不是生意人所能达到的另一个知识的境界，星期五（后天）他要将我介绍给朋友们认识，他的朋友都是什么专家学者之类，我很高兴，但我同住的都不知道这星期我常常出去的人是谁。我是诚意地在跟他做朋友。我看出他是非常喜欢我，在办公室他是有礼的，严肃的，上上下下都叫他“馆长先生”（阶级还是很深），但我教完英文了，他却站在门外冷风里等我接我。我十分喜欢跟他谈话。第一次碰到这样的念书人，但他很幽默，十分英国味。真是好运气，认识了这样一个朋友。这叫做“花开花谢无间断，春来不相干，唯有此花开不厌，一年常占四时春”。

碰见此人，居然觉得棋逢敌手。我的一生没有遗憾，多彩的半生，坎坷美丽而哀伤的半生，我可以死了，但不会死！

谢谢你们给我这样的日子，使我没有生活的愁烦，如果不是我的父母、家人、朋友造就了我，我也不会有今天这样的日子。我那么丑，却无往不利。希望有一天安定下来了，也有一个好丈夫来爱护我。十一月二十五日是德国清明节，我不能去，但会寄一点点钱去给 Gerbert 母亲，买花去送他坟上。Gerbert 教了我很多功课，我不再难过了，回忆是美丽的，但人要往前面看。幸福的东西可遇不可求，我希望现在幸福，将来也幸福。明年如能回来看看你们，也使我心里宽慰一点。谢谢你们来信！

妹妹

跟爹爹姆妈无所不谈

一九七三年十二月二日

爹爹、姆妈：

爹爹，你来信中所分析的你自己，我很不同意，因为有多少人喜欢你，你不肯相信。我的朋友们，第一次见到你就信服你，如娃娃，她常说："陈伯伯是了解我的人，他不说什么，但是他很安慰人。"Cla 的朋友 Michael 跟你谈过一次话，但他对我说："我真喜欢你爸爸，我真喜欢跟他讲话。"Gerbert 生前讲过多少次"你爸爸是世界上最有风度的人"，那次外公外婆自香港来，Gerbert 在机场看见你，他说："简直神气得像部长一样，我没有看过一个这么有风度的中国绅士。"Gerbert 个性强，他讲这些话并不是在取悦我，他是真正心服你。再说摩西母亲来信，如何地欣赏你和母亲，我内心真为你们骄傲。我带来一张梨山的照片，我所有的朋友都说"你父亲像外国人"。（所以我在班上又变成混血儿了，他们偏说我是混血，因为朋友说爹爹是外国人。）所以我说爹爹太不懂自己，正如爹爹英文那么好，偏偏绝不承认一样。Gaga 许博允说过多少次，他最服爹爹，大毛和 Gaga 对你和姆妈简直亲过跟我的感情，Gaga 视爹爹如父亲，这是你们的成功。丽玲，林复南，王恒，对你们都是又敬又爱。老肥来信说“你的父母之爱护我，比我自己父母有过之无不及”，《实业世界》黄柏松兄来信也是说“有你这样的父母，你这一生还有什么遗憾”。这儿多少朋友问我“你的父母一定是了不起的人”，我太为你们骄傲了，但是爹爹却过于谦虚。而伟权、树芬对你的敬爱也是少有的。我的朋友们对我好，不是因为我，而是因为你们的缘故，我这一批朋友，虽然在事业上都谈不上什么成就，但是都是世界上找不出的怪杰。我也很高兴，他们差不多全是自己父母都不理的人，对我的父母却如此敬爱，你们说你们的做人成不成功？所以我不同意爹爹对自己的说法。再说，我跟爹爹姆妈无所不谈，没有父母子女的代沟，这也是你们了不起的地方，我为什么常写家信，因为此地无人可谈也，只有告诉你们。我们做子女的对父母如此有信心，就是你们的成功，我跟爹爹在一起一点也不闷，跟姆妈在一起也不闷，爹爹的来信我看了很不同意。爹爹样样都行，公事、做人、风度、打球、英文，怎么一点都不看自己的长处。我是一无所长，只会吹牛（不费气力，吹一信五分钟而已）！

妹妹

没有替中国人丢脸

一九七三年十二月十日

爹爹，姆妈：

今天是中国台湾民间企业访问团来西班牙的日子，我没有去上学，下午一点去旅馆等，班机误点，四点钟酒会，他们六点由机场赶到旅馆。我与几个生意朋友坐在楼下咖啡馆等，六点到，我替他们做翻译，但是大多数人都走了。

台视随行记者顾安生（我老师顾福生的堂弟）在访问西班牙马德里商会会长 Amat 先生时是我做的翻译。他说下星期会寄到台视（明天八号，如明天不寄，星期一，十号寄），你们可在电视上看见我，也可听听我的讲话，但也许会剪掉很多。今天忙坏了，因为我认识的人很多，翻译工作很忙，生意接得倒不多（也有一百万左右），酒会下来账单来了，他们觉贵，我又去讲价，叫他们减，减了五十美金。团长是震旦行总经理，是杂志社长好友，本人今天陪到十二点回来，此地英文不通，没法做事，全得翻译。我今日赚不到钱，服务是替杂志，酒会中风头出得比谁都大，忙得要死，又得罪此地记者朋友，我知道又得罪人了，但怎么办，要躲在一角做小羞猫状吗？我有职务在身，不能那样。我明天陪“大同育乐事业”董事长陈钊炳先生去北部 Barcelona 城看一个游乐园，飞机七十五美金一天来回。导游费不收。他请我明年回台做副总经理，我告诉他，我不会在中国做事，我只会跟外国人做事。他说明年开一个一千房间的旅馆，我回去做经理，如果觉得中国人事太难，只管外国人方面。算了，我不欲回国，除非给我二万块一月。其实现在我的时机真的来了，商场人慢慢在认识，将来有机会的，但是我身体不好，而能力是足够的，我前一阵被此地人气得腰痛的事，今天还击他们，多久没有见到这些脸孔了。才来三个月的人，翻译是我，灯光打到我时，全场中国人一片死寂，我心里很难过，又要被迫得罪一次。台湾来的人很可亲，太好了！此地中国人为什么不喜欢我，我做的全是为中国好的事，没有替中国人丢脸。

妹妹上

我领的最大

一九七三年十二月二十六日

亲爱的爹爹，姆妈：

圣诞节已过，我二十四日在徐家，二十五日白天出去吃海鲜，晚上又在徐家。今天二十六日，稿子一日要出，现在一个字也没写，但是天寒地冻，写不出来。同住的二十五日夜全部回来了，家中又热闹起来。我今天去警局、银行、邮局，穿虎皮大衣出去不冷。雪已没有了，冷还是一样冷，我们同住的平日大家常常生气，分开了又觉寂寞，她们没有在家留几天又回来了，都要上班，总算感情很好。

我今天接到包裹吓了一大跳，七百五十台币的邮费，实在太对不起你们了，包裹做得胖胖的，真是看出姆妈一针一针缝，爹爹一个一个字写的情形，我看邮局内领的人，我领的最大，坐地下车回来，赶快拆开，一件一件方式，真是高兴死了，长裙子、外套、裤子、长衣服，没有一条不好看，尺寸一分一毫也不差，裙子下摆大大的，正是此地流行样子，腰身也合适，一点也不要改，就是格子长裤太短，一看里面放不出来了，我穿低跟鞋穿。

外套太棒了，你们真是会想样子，“阿巴婶”会做流行样子，现在此地外套也穿小腰身的。总之这些衣服光是一件暗红长衣，大约就要三千台币，我是大富婆，有这么多衣服。足够了，今年不必再做。夏天衣服太多，冬天现在也太多了。另外棉毛内衣可穿了睡觉。人参现在已泡了在喝，我放很多，不知平日一般人怎么喝的，我觉很有用，要连吃三天才会有效。这次来，身体一直不太好，但也没有大病，就是常常累得很，天天想睡觉，昨天同住的半夜回来，我们又起床来吃家乡来的东西，又讲话，到三点半才睡，今天一早就出去了。

麦玲来信兴奋得要命，说在电视上见到我，但我没有说中文(大概讲得不好，内容不当心，被剪掉了)，你们看到没有？我是不是很难看？穿的是印度衣服。爹爹有没有看到我？姆妈呢？小妹妹们呢？

我昨天从徐家拿了鱼、香肠、酒回来，今天中午没有时间弄吃的，晚上一个人在家慢慢吃。今天寄掉一封信给你们，收到包裹太兴奋了，又写一封。想来想去，还是不能结婚，我这个人很难，别人差，要看不起，别人强，又不服。还是跟住爹爹、姆妈一辈子好了，我觉得这个打算不错。这几日过得很满意，本来很怕这个圣诞节，但是还算过下来了。你们好吗？想必也看见我在电视上了。姆妈，你生日我送你一个皮包，我去找一个好看的真皮的给你。毛毛来信，对爹爹佩服得五体投地，他说要学爹爹的样，看他学到一半就算不错了。不过我们家的孩子对父母的敬爱是每一个小孩都一样的。我虽在外，但十分幸福，一个人东飘西荡居然过得还很自在。我今天吃洋葱炒肉丁（一菜一百元台币）。麦玲对我真好，常常来信给我。姐姐常来吗？我不知何时才有电话打回台。

妹妹上

天涯海角都可去

一九七四年一月二十五日

爹爹、姆妈：

今天收到爹爹的来信，真是喜出望外，因为这一阵根本不在等家信，信来了吓了一大跳。爹爹来信所提我婚事。Perez 母亲上星期天过世，我自然而然疏远他了，没有麻烦。他母亲要过世，事先我就知道，不告诉他而已。这种第六感有时有，有时没有。Jose[①] 去非洲了，他来信一再催我快去，我没有证件之前不会去。爹爹，我的婚事，你们不能当台湾的婚事一样来看，因台湾婚姻是“大事”，如姊姊，如宝宝。此地婚姻一般人比台湾还看得重，我和荷西不是太钻牛角尖的人，我们只是想生活在一起，那么结个婚方便一点，我也要改国籍，所以你们不要愁，我天涯海角都可去，倒不是为荷西，而是生性喜欢在异乡，况且我做荷西的妻子，也是诚意的，我并不喜欢有太重的社会负担，就是说，我现在最看重的是心灵的自由，只要做事不太离谱，就不去多想。过

① 即荷西（José María Quero，1951—1979），生于西班牙安达卢西亚，1967 年与三毛相识，1974 年两人在撒哈拉沙漠结婚。以下方便阅读起见，“Jose”均改为“荷西”。

去为了个性上的放不开，吃了很多苦头，现在知道自己的缺点，要设法去改掉。我很怕结婚后进入另一个别人的大家庭，荷西有几个兄弟姊妹，我全认识，但可能只有妈妈难缠，我们不会跟她有什么来往。爹爹，姆妈，我的婚事只是改国籍和与荷西生活在一起而已。国内根本没有人会知道，了不起知道我有一个朋友，因为我不必要告诉他们。换一张护照我在出进别的国家方便一点，但我中国国籍并不放弃，因为中国人终是中国人。我为了腰痛，长住国外对身体好一些。拜托现在我要这些证件：

①户口誊本

②未婚保证书（随便人保证）

③护照、出生证明

现在我要的是①和②项，因为有了这两张纸，我方可去葡萄牙领事馆申请“未婚证明书”，至于③项，我已有了，出生证明也申请来了。请寄给我，因我需要放着，换国籍之类要办很久。

我们这儿有看“星座”算运气的，很准，我这月准得很，是巧合也罢。你们想必旅行已快回来，我很希望能跟你们讲话，不知何时才有电话打回家。爹爹事业好是一定的，手纹要辛苦到很老。我的事你们放心，不会太严重，放心放心！我很好，天仍冷得很。皮大衣很有用。姊姊“陆空联运”包裹到了。要赶稿子了。朋友们有来吗？未婚证明书请寄给我。

妹妹上

跟着荷西是一天当两天活

一九七四年一月二十六日

爹爹、姆妈：

天下的事全是上天的安排，也全在一念之间。我怎么会知道这一次我再回西班牙来，是冥冥中的引导，叫我回来遇见我七年前的朋友。七年前的荷西还是一个十几岁的孩子，每天放学了就去宿舍看我，当时我们常常出去疯，每个星期天早晨都去“海盗市场”买鸟的羽毛，大街小巷玩得像疯子一样高兴。后来我交朋友了，他仍在找我。现在六年分开，再见他已是完完全全的成人了，学了特别的潜水技术，又念了海洋学院。

我跟他要结婚的决定是在他，不在我，他一直对我说，从小他的梦想就是娶 Eile① 做太太，这种想法过去 Claudio 和他哥哥 Mnurijio 都有过，但是他们变了，只有荷西坚持不变，希望有一天他的梦想能成真。他是一个外表沉静而内心如野马似的孩子，跟我十分合得来，我们是自由自在的，婚后也不会过正常日子，

① 三毛的西班牙名字。

但是我十分向往他的生活方式，因为此人有个性，懂得安排不同于常人的日子。今天他去撒哈拉海边工作了，不装炸弹，只潜水，刚刚打电报来说到了，这个孩子有感情，细心，我十分欣赏他，他走了，我轻叹了一口气，他在时我们天天没处去，总在散步，散得我累死了。

在 Segovia 有一天去古堡，荷西、我和几个嬉皮朋友要下古堡下面的田野去玩，他们不走小路，一个个从古堡的悬崖上吊下去，雪才化，滑得要命，荷西是狂叫一声就跳，我被他吓死，他又跌又滚一下就下去了，我穿长裙子也爬下去，好玩是好玩，这辈子还没有做过这种人吊在岩石上，比十层楼还高的悬崖，全是疯子，跟他们在一起身体一定要好，要不然吃不消。我常常在想《读者文摘》里一篇文章，它说“每夜你上床时，一定要觉得——今天可真活了个够——那么你的一生都不会有遗憾”，跟着荷西是一天当两天活，此人很当心我，爱护我，有一次我半夜吐了，在 Segovia，他吓得一夜没敢睡，开着灯守在我床垫旁，他哥哥叫他去睡，他一定不肯，还生气，结果我自己好了，他才去补睡。年轻人的心还是一片真情，我看了十分感动，我一定也要好好地对待他。

爹爹，姆妈，你们不要为我的前途担忧，我是自由的，我会过得很好，荷西对我的爱护够我满意了，我们再不好也不过是分手而已，但看情形不会。我个性变了很多，将来的事不去愁烦，所以你们也不要烦。荷西去潜水，给他去潜，如果出事了，人生也不过如此，早晚都得去的，也用不着太伤心。在此我的朋友很多，大家都对我好，我们这条街上的邻居如何地好，比合江街时邻居还好，所以我很受疼爱，精神上不觉孤独。爹爹，姆妈，我早点弄文件，文件来了我去葡萄牙使馆申请西班牙文未婚证明，我换了护照马上可以回来，或等有了孩子回来住，荷西要孩子，他一再叫我快弄文件，我对这张护照倒是很感兴趣，我太爱西班牙了。现在我将头发染成咖啡色了，淡咖啡，像外国人一样，很奇怪，下月再染回来。我很想家，荷西也想跟回台湾，但要看这半年所赚够不够他维持下一年的生活及念书费，有钱当然一同回来玩。谢谢你们。

妹妹

这才是人生　已值回票价

一九七四年四月十八日

亲爱的爹爹，姆妈：

我已买了二十二日的机票赴非洲，飞四小时，机票是一百美金单程。明天打电报给荷西，他说家已弄清洁，可以住了。有三个房间，一间做客厅，一间睡觉，一间当大衣柜放我的衣服。家具是一个大床垫（我不能睡床，腰痛），一个画桌，一个低的小桌，一个冰箱和厨房，清洁用具，但是地板上全部铺阿拉伯地毯。荷西不会做窗帘，叫我去做。我用钉子钉上。

今天去移民局，仍然没有居留证，我一呆，马上跟他们老板去商量，他们叫我十天后再去，给我签证延期，我说不可能，帮帮忙，现在“当场就一定要”。他们居然给我了。我乐得呆呆的，在街上跌了一跤。风又吹掉了我六千块西币，又去追，全部追回来了。去订机票，说要二十三号星期一的，小姐一直笑，她说不可能，我说为什么，她说星期一是二十二号。付了机票钱，又忘了拿找钱，她又出来追我。我是天字第一号大糊涂虫。中国再要找另外一个也找不到了。

爹爹，姆妈，我是中国历史上有纪录以来第一个女性踏上撒哈拉沙漠的土地，很有意思。

这才是人生，如果说来世界上走一遭只这几个月的西班牙生活，已值回票价，何况来世界的票一直是爹爹、姆妈在替我付。我不知怎么告诉你们我心里对你们的爱和感激，我是太幸福了。谢谢你们。

我的文件全没来，但是荷西姊夫答应我替我办。昨天晚上与荷西姊、姊夫和两个嬉皮朋友去看电影，看完电影去吃饭，吃完饭去他姊夫的母亲家，好大好大的房子，有一个天台有无数美丽的花，玩到一点回来人瘫掉了。这儿的朋友对我太好太好，没有话说，是自己人。

我的离开，同住的很难过，玛丽沙是一直在哭，卡洛与我同房，她前天弄我的箱子，一面理一面流泪，也是一半感触她自己。我星期一走时留下条子，不与她们告别，因为要哭的，我自己一个人去机场。朋友全部不讲，因为他们会缠我，如果一个一个去告别，我的节目会排到月底。

我的智利朋友，银行家的儿子回来了，我们认识一个晚上（在看法兰明哥舞时认识），第二天跟他去跳舞跳到清早，他问我“要不要跟我去智利，我在那边环境很好”。我说不要，但是此人实在是太英俊了，我一生没有见过如此英俊的男子（Gerbert 是风度好），想不到此人又回来了，打电话来，我不出去了。但是我一辈子会跟这个人做朋友。荷西什么都没有，但我信任他，他是我这么多男朋友中唯一没车的一个，但我会选了他，也是他本身有许多长处。

Salinar 先生自从台湾情人来了以后，很少见面。他最可惜我结婚，他有他的想法。

我在外独立惯了，来去都很自在，叫朋友送，他们星期一全部上班，不行，星期天同住女孩全部在家，要哭死了，不能打扰别人星期天的心情。所以我一个人走。

行李有四大箱，三箱明天航空公司来拿（运费一千台币），一箱与我同去。牟敦芾有东西留在我处，我交阿房。邻居都要哭的，这儿几个太太们很宝贝我，我走自己也要哭，不敢辞行。西班牙是我自己国土，离开了真是依依不舍。

Fernando 说叫我写信给他，他不回信（为了荷西），但是有一天如果跟荷西不好了，来跟他。我说西班牙是不能离婚的国家，我也不做此想，我愿意一辈子平平凡凡跟荷西度过，他对我的爱是自小以来就爱我的，我要好好珍惜。嫁给荷西是我的福气。我们外型、个性都很相配。

前天试做羊肉、鱼煮大蒜和葱。不能吃。但是非洲只有羊肉（鱼荷西去海边捉，都是一人高的大鱼），中国字“鲜”就是羊肉和鱼一起煮。天啊，我要吐了。我买了四瓶酱油，四百台币。另外非洲没有淡水，所以不能常常喝汤。没有水果，没有蔬菜，我不在乎。今天看见绿豆，一小包四十台币，舍不得买。粉丝一包一百台币，都没买。荷西爱吃中国菜。我在 Segovia 常做给他吃。

姆妈，荷西说叫你不要难过，非洲的经纬度跟台北一样，所以更近了。说不定我们坐个澎湖渔船明年回来了。

非洲气候是白天酷热，晚上酷寒，我是说沙漠气候。

我们住的地方是一幢平房，没有路也没有门牌。荷西租了一个信箱，你们收信后请给我来信，非洲是一片荒漠，我需要精神粮食，什么杂志、书报，都请收集了用“船”寄给我。

妹妹

这样一个丈夫

一九七四年四月二十七日

爹爹，姆妈：

来此已经五天了，初来时警局一定限我四十八小时出境，理由是此地是西班牙殖民地，拿西班牙签证的护照在非洲殖民地并不生效，我们找了律师，弄了半天，现在总算给了我三个月。这三个月内一定要结婚，但是文件寄来非洲已一星期，我们至今没有收到，此地邮政很坏，说不定已掉了。荷西已去上工，每日清早五点半起床上工，到下午又得去学铁工，晚间九点半方能回家，他工作够苦，一天十五小时不在家，我也很寂寞，洗洗衣服，煮煮饭，日子难以打发。我们住在镇外，走路去镇上要来回四十分钟，全是沙，我也没兴趣弄得灰扑扑的进城，但是几乎每天他上工了，我总去城里办事，这一条路上的人都很低级，总有人来麻烦我。用海水煮饭大概是永远无法解决的问题了，卡车装海水来，四个大桶放在天台上，水都是臭的。淡水一瓶要二十台币，我干脆不用了。

奇怪的是有煤气和电，也有冰箱。我住的房子还可以，但是没有装饰品，空荡荡的，我已在做窗帘。这儿城内的西班牙人除了军人、警察之外就是荷西做事的公司。一派殖民地作风，令人受不了，这里的人太脏了，几乎百分之九十不知道自己几岁，也无法来往。我和荷西婚后，有十天假，我们去深入沙漠，要向导，那时可好玩了。现在文件不来，我很担心。

这几日一直在想，长住沙漠里，过着精神上、物质上都十二分苦的日子是否值得，洗衣、洗澡全是臭水，吃的也不多，但是荷西好，他像一个男子汉，虽然没有时间陪我，我不能怪他，我已是一个成熟的女人，不能像大孩子一样，什么苦都该克服它。荷西自己很能吃苦，我也不敢抱怨，他所能尽力的已全做了，我很满意，这样一个丈夫我没有遗憾。他下月一号去西班牙，我本想跟去，但是我们算算钱大约要花二万五台币，所以我不跟去了，独立留下来，大约要一个月的时间一个人，在马德里我不在乎，朋友太多了，又是大都市，这儿他走了，我要吃一点苦头了，但是他是去受更好的训练，将来本事更多一点，我应该给他去，留下来也是一个克己的功课。荷西最不喜欢爱哭的女人，所以我要强一点。等他回来我们已结婚了，可以去沙漠里旅行，这是我十分向往的。我需要再半个月的时间来适应这儿的寂寞，可以克服的。环境也有美的一面，沙地上，到了夜间，满天的寒星，十分诗意，此地仍很冷很冷。

你们的包裹可寄来 Apartado, 4 × ×，是信箱号码，我每两天去城里拿信。另外有什么杂志书报请用船寄来给我。

荷西昨天捉大鱼回来，我不会弄，他杀好了给我冻起来，有一个人那么大的鱼。明天跟他去海边，来回一百公里，有车去。

我的一生有苦有乐，人生实在是奇妙而又痛苦的。跟了这样的人，应该没有抱怨了，他是个像男人的人，不会体贴，但他不说，他做，肯负责，我不要求更多了。赚的钱我们下两个月可以开始存了。爹爹钱在银行存半年定期，不能动的。希望明年有钱了，可以有一个孩子，也可解解寂寞。伯伯、嬷嬷来了，我正好跑到马德里去做做城里人，来回机票八千多块（涨价了）。

回想马德里所有的男朋友，没有一个比得上荷西，我不后悔我的选择。但是这个丈夫是付上了很大的代价的，沙漠生活是十分枯燥的，我正好守着。希望能回台湾来一次，台湾在感觉上是在另外一个世界了。千山万水之外啊！我很高兴我有了归宿，我太幸福了，许多人一生只活一次，但我活了许多次不同的人生，这是上帝给的礼物。我从来没有跟荷西吵过架，将来也不会吵，心情很平静，是再度做人了，我要改的地方很多，我都改掉了。这块顽石也被磨得差不多了。真希望回台湾一次，给我过过任性的日子，要吃要睡都可放肆，只有父母跟前永远是小孩子。这里锅子、碗、盘都很贵，我煮了饭便要倒出来，洗锅再炒菜。我们已花掉快四万块西币（二万台币），家中什么也没有。

现在文件已到，明天去看律师，如果再要什么手续我真烦疯了。荷西回西班牙要去家中解释，我看他也是心事重重，主要是 Claudio 的妈妈不好，什么都乱讲，弄得他父母不喜欢我。我们想还是婚前要讲清楚的好，免得太不孝。如果他母亲以死来威吓，荷西要受很大的痛苦，这是他的事，一个男子汉应该懂得如何处理，我也不去想它了。他的兄弟姊妹都是帮忙我们的。

今天荷西捉了一条大章鱼回来（又去学铁工了，送鱼回家来煮），吓人得很，很大，塞满了一大缸，他说是章鱼卷在他身上，他就捉它回来吃，我不会弄。又捉了四个螃蟹。这儿别人没有鱼吃，都吃骆驼肉，我们总有海怪回来。也是一乐。

请转告我朋友们，我住在非洲了，来信请寄信封地址。

想不到马德里的生活是繁华一梦，现在又静得如生活在无人之地，也是报应，上八个月太疯了。

特别地想家，以后会习惯的。荷西那么爱我，我没有遗憾了。我们不买脚踏车了，想分期付款买一辆小三洋摩托车来骑，买车不可能，没有钱。

毛毛军官还是兵？各有好处。军官多一份责负，兵少一份责负但吃苦一点。全家人都好吗？姊姊常回家吗？我再回来时小孩们都要不认识了。宝宝，好吗？小姑回国住多久？爹爹好吗？我人在外面，心里总记挂着家里。顾伯伯、妈妈好吗？小姨父身体如何？我现在不拍照，度假去真的沙漠再拍。

妹妹上

随便什么时候结婚

一九七四年五月二十日

爹爹，姆妈：

五月二十八日是你们结婚纪念，我没有忘记，也没有忘记五月四日的母亲节。但是对我来说，天天是父亲节、母亲节，因夜夜回台北家中，梦中家人生活起居历历在目，所以并不生疏。分析二个女儿，姊姊可说是“孝”，我可说是“极不孝”，但我有一个地方可以补，就是“亲”。自小以来，我可说是逆子，叫父母受了很多不必要的苦痛，但我也有一个好处，对父母的亲爱胜于其他兄弟姊妹，人在远方，没有一日忘父母，这是自然的现象，但我年事渐长，回想半生作孽，对不起父母之事太多，如真有鬼神，死后下地狱成分居多，只求下半生要好好照顾自己，就是对你们的报答了。我们四个孩子有福，能生在这样一对父母家中，也是上帝特给的恩赐。你们在孩子们眼中，不只是爱而已，尚有其他家庭父母所得不着的“敬”。我常对朋友们说，我的父母这世上找不出另外一对，这是我最大的幸福了。

结婚文件又差一张，已去葡萄牙再申请，“请免公告证明”

已发下来，却不知又找麻烦（法官不相信我三十一岁，又不肯认我护照照片，说是另外一人），婚期渺茫，但我反而不急了。世间诸事，大凡一个“缘”字，天地上下亲疏爱憎都脱不了这个字，也就是《圣经》上所说的“万物都有时”，所以强求生死聚散都是愚人的事，我原先很急，现在放下了，顺其自然吧。随便什么时候结婚。

昨日与朋友们去沙漠中开车奔驰，又见海市蜃楼、奇景，忽然危塔孤耸，忽而城郭连亘，劈空而来，超拔可喜，忽而大风吹去，缥缈虚无，是空是色，然后返虚入浑，化实为虚，色皆相空，可谓天下奇观，恐怖之极。

沙漠中有一大峡谷，千万年前为大河床，尚有如桌大一片小水池，池周密密长满小草，我细看尚有黄色小花，心中受到很大的启示，芥草在沙漠中，尚且依水欣欣向荣，而我们为人者，环境的挫折一来，就马上低头，这都是没有了解生命奥秘的人所处的心境，我想沙漠可以学到很多功课。

再说回程时，看见大漠中，一人骑骆驼，踽踽独行，这时多年来不能了解的元人马致远的诗“枯藤老树昏鸦，小桥流水平沙，古道西风瘦马，夕阳西下，断肠人在天涯”的一幅图画，就明明放在眼前，只是气势更加雄壮，而少诗中悲凉之气。我在此生活，所得到的东西，是比马德里要多得多的。

唐朝时代的“大食国”（西元七五七年）安史之乱时，向新疆借兵，此时阿拉伯人第一次进入中国，后来“大食人”经波斯湾出发，经印度洋、马来半岛，一直到广州、泉州、扬州几个贸易港来经商，现在泉州还有回教文化的遗迹，那时大食人来往中国，有一定的地方居住，叫“蕃坊”。这是我最近才找书看来的。因为住在阿拉伯人国内，自然对这些感兴趣。另外我发觉回教是早期基督教的一个支流，穆罕默德与耶稣之死（或生）相隔五百多年，他们的教史十分相近，这不能多说了，因是家信，你们看了要被烦了。这是道安法师前一阵寄给我的书中看来的。要谢谢他的教导。

再说我的生活，现在淡水有人送来门口，不要钱。菜蔬每星期一摩洛哥边界开放，运来回人区，自有小孩来叩门告诉我菜来了，我可买到青椒、番茄之类（就这两样），肉去军营中买。所以生活都解决了。这都是阿拉伯朋友对我的好意。我偶尔替他们写写信，算算账，换取友谊。也算“代书”（西班牙文的信）。

荷西今天下午回来，他带厨房用具来，他母亲尚替我买了酱油。兄弟姊妹常来信，小妹要一个台湾玉戒指，我想等她告诉我样子，请俞小姐代找。婆婆我也想送手镯一只给她，公公想送一副台湾玉袖扣、领夹，过去“欣欣”二楼约三百台币一副（不是金的），但现在不要。这个家确是合作，大哥在德国替我买皮大衣，全家都好，只是妈妈难缠，现在她肯替我买了大小一套锅子，我已十分感激她态度的转变。荷西是对我好的，你们放心，我身体渐渐适应沙漠，人晒黑黑（每天晒太阳一小时），胃口可以，天天食牛肉，人是越来越好看，并不老态，仍梳小辫子，发已齐腰长，卷起来短一点。此地人慢慢认识，也有照应。市政府、邮局、法院、警察局的人全认识了。此城三万多人，你们放心，放心，尿血早好，一定不要急，我在此非常习惯了。

妹妹上

P. S. 邮局弄掉我一小包裹，内是假睫毛的胶水和晒太阳的油。马德里寄来的，现在我叫他们赔钱。另外千嘱万嘱，如有中国包裹来，不可弄掉（掉了要赔十万）。我在等丰富的家中包裹来。

家中大小夜夜都来入梦

一九七四年六月二十七日

姐姐，你的来信收到了，我回家信中提到过，想来你是知道了。自从六月七日我收到家中包裹之后，没有再收到过回信，我七日有信回家的。后来收到姆妈邮简，说起大哥[①]病情，但我七日之后便与家中联络不上，已快二十日了。

我二十五日时寄了一个很小的包裹回家，里面有小皮钱袋，用来放零钱的，蕙蕙、芸芸、荃荃都有，请收到后给他们一点零钱装了可以玩玩。此地实在没有东西寄，床罩很漂亮，但太重了，又不放心寄船，所以只有寄小东西给孩子们和你。

我刚刚去邮局，又没有家信，心里真是要急病了，不可能那么久没有信，一定是发生了什么事情，还是大哥病危了？还是爹爹生疮不好？还是姆妈生病？小妹妹们生病？还是毛毛，宝宝？我整日不安极了，如果台湾有事发生，你切不可瞒我，全得告诉我，我马上可以回来，什么婚也不必结了。在外的人，最苦的是记挂家里，

① 指三毛的堂哥。

我对台北是一点也不想，但家中大小夜夜都来入梦，隔着千山万水，如果有点什么，我是要悔死了。尤其最近想到嫁了外国人，这一下回家的希望更渺茫了，心里实是不甘，荷西答应我明年给我回家一次，但是路费太贵，两人回来如何存得出来，想起来便悲伤得很。

上星期周末，荷西和我，还有他的两个同事开车去沙漠中住了两三天，又开去大西洋海边，捉了很多海鲜。我想如果给蕙蕙、芸芸、荃荃来，他们一定要高兴死了。夜间睡帐篷，有狼来，我们生了火，但第二天帐篷外都是足印。想想半生已过，上帝却又使我回到十九、二十岁似的青年人生活，这是我十分幸福的。只是心情常常放不开，回想过去的事便要灰心伤感，这样坎坷的半生，却还挣扎着想再重新找寻幸福，亦是痴人。不过无论将来如何，目前这两个月的日子，是我再也不悔的，荷西对我很好，吵架是个性，不妨事的，我们不会忍耐，吵出来比忍在心里好。只是常觉他太年轻了，小我整整几岁，真是发神经，但外表上是再也看不出来，精神上他比我天真，比我易怒，这也是人生的经历不够所致。他仍在反抗这个社会，反抗人生，反抗一切，我根本不会冲动了，看了他有时好笑得很。

请随便回封信给我，家中发生了什么事，不要瞒我，我很着急的。我不求信长，只求你来信告我家中大小平安。不多写了，孩子们改日再写信给他们。姐夫请问候！

妹妹上

Aaiún

他可拿九十分

一九七四年九月七日

姐姐，很久没有给你写信了，因为日子一样地在过，没有什么新花样。为了伯伯、嬷嬷来西班牙，我离开了非洲快两星期，本来要跟去一起到欧洲各国玩玩，但是护照不下来，我因时间的关系，无法快快得护照，所以没有同去。不去也罢，去了要被累死，哪里谈得上游山玩水，伯伯、嬷嬷年纪太大了，说起来已相当合作，但是他们不会走路，伯伯的腿在美国走坏了，所以走十分钟便要坐下来，加上糖尿病，常常要喝水，我像照顾小孩一样在拼命，结果我自己大大感冒一场，到现在仍不能恢复，我看他们两人提着大批东西上飞机去巴黎，自己感到勇气不如伯伯，真是拼了命在玩。所以我一定要爹爹、姆妈和你早些出来，才有精神去玩，事实上伯伯不如花钱将全世界的名胜买些影片，坐在家中观赏，又省钱又省力。你婆婆讲得一点不错，住旅馆今天搬进，明天搬出，走路走死，看的不过是电影一般一晃就过。所以他们是出国受累受罚，但是伯伯还蛮高兴的。

伯伯们走后，我又在马德里住了四天，白天东奔西跑，去买减价衣物，夜间跟朋友们吃吃饭、逛逛街，最后一天又去弄护照，四天美丽的日子，一晃就过去了。我十分惋惜要回到沙漠中来，这儿不只是沙漠，还有满地的羊粪、垃圾、漫天的风沙和不入眼的低级人，所以回来真不开心。荷西以为我要去很久，结果两星期回来，他十分意外，高兴得很。此地没有家人是过不了日子的，会疯掉。你给我的钱，我不但买了全家人的东西，还买了荷西的衣裤，我自己只有一件寄回去给你的衬衫，因为马德里的东西，如果不是很豪华的，便是很土的，我在沙漠中也没有地方去穿，所以没有买。

昨天我们买了一个小电视，黑白的，合八千台币，十一吋，但是收视力很差，如同看影子一样，不大好看。我在此是经常一个人在家到十二点，一点荷西方回来，星期六、日也工作，我虽然知道他对我很好，但是经常一天无人说一句话，心情烦闷，回来了我们便吃晚饭（午夜十二点是一定的），然后他太累了，便去睡觉，这一睡如同死猪一样，第二天醒了吃点东西，做个三明治给他，便又走了。我有时真想逃到马德里去跳舞，上馆子，看电影，疯个够再回来，但是来回机票每次要快九千台币，也不能常常回去玩。现在只有等十二月，荷西有一个月的假，他答应我带我回西班牙去旅行，明年五月左右再给我离开沙漠一次，这个地方，长住了心理上要先调，很不健康。

好在荷西对我太好了，比起世界上所有的先生来，他可拿九十分，我十分满意，但是吵架一样要吵，我的想法是，有脾气便大叫大发出来，便无事了，叫我忍，我会得胃溃疡。今天又接到姆妈寄来的包裹，有米粉、猪肉干和紫菜等等，荷西抢了一大片猪肉干去上工，我真气他，每次猪肉干来我们便要生气，我给他吃，但是他乱吃，像妹妹、小弟们一样，不但乱吃，还偷去给朋友们上工一同吃。我想这种东西是很珍贵的，他被姆妈宠坏了，每次有吃的来，高高兴兴大吃一堆，但是他就没有想过，我姆妈是千辛万苦寄来的，要慢慢吃。所以人啊，第一次收到东西十分感激，现在呵，只管吃、穿，没想过他岳父母如何在爱护他。

说到全世界性的经济不景气，已到很危险的地步了，德国工厂关门，法国发不出工资，意大利工人罢工，英国银行关门，我真是不知道有一天我们存在银行有限的一点钱是不是会变成金元券再版，也没有什么办法。姐夫工厂前年如此兴旺，今年如何会如此？你要去泰国和香港，跟谁去？早知道如此，寄些美丽衣服给你穿。你如出去，还是珠宝少带，如跟姐夫去，又是不同。梳头不要省，去理发店梳包包头，你那样梳是很好看的。我在此地白天也用假睫毛，完全看不出来不是我自己的。明年我回来教你用。到泰国去买些泰国布来送人，丝太贵也不好看。如你去上菜场，东门小店都有卖假睫毛，三十五元台币左右一付，请替我买五付，是一个小盒子内装的，牌子叫 International，是韩国出的，有两种，一种是稀的，一种是密的，我要稀的如，不要。胶水拿出来，或可买不连胶水的，放在信封内，用小纸片包起来寄给我，我有胶水。钱我在家中有一万元左右的稿费，请姆妈付给你。

我冬天回西班牙去，想替你买一件麂皮夹克，我知道你尺寸。

也想替姆妈买大衣，这种东西只有西班牙有钱人才穿，但也不很贵的。荷西答应送你们。他的诚恳是令我感动的，世界上再要找一个那么好的人并不容易。希望他工作不要出事，我们便无妨。

蕙蕙、芸芸、小弟都在为功课受苦，中文太难了，但是一旦学会，也是很大的宝贝。叫外国人学中文呵，学来学去都不会，别说中文了，叫荷西念英文吧，他就不耐烦，一教他两个人就吵架。欣欣今年留级了，我想中国的教育，对他如同对爱迪生一样地不合适，可怜的小孩子一个个都在受苦。

你何时去香港？请告诉我，回来便写信。

妹妹上

一直写下去

一九七四年十月十一日

爹爹，姆妈：

我九月二十六日寄出的稿子，居然在《联合副刊》十月六日刊出来，故事叫《中国饭店》，笔名用的是“三毛”，不知道你们看见没有？也许你们太忙了，不会注意到，我今天看见报纸，真是吓了一跳。荷西提水回来，我大叫告诉他，我们很高兴，可惜他不懂中文，这一点最是寂寞，他是外国人，不能懂得我心里所有的事，连我写的东西也看不懂，实在是很遗憾。这种“三毛文学”正如许多朋友所说，是别树一格，好似在听我说话，但是生动有余，深度不足，而我在“笔”上的确是写得活蹦乱跳，而内心是空空洞洞的，实在是退步。不及十八岁时的东西。不过爹爹、姆妈一定爱看，我这样连续写，将来出一本书，书面要写“送给我的父亲和母亲”，这件事不出两年一定会成的，《三毛流浪记》十一月份会有一万字左右在《女性世界》，请你们抽空也要看看。我最近有点生病，所以没有去镇上，荷西下班了方去拿信、买菜，但是也快可出门了。家事我仍照做，就是不出门。

爹爹上个月没有来信，想必又在忙工作了。我在外的心，看不到家信，心中便要胡思乱想，不知你们是否都健康？有事不可瞒我，我知道你们很忙很累，一日工作下来再要写信给我实在是太重，但是你们来信不必长，只要有爹爹、姆妈笔迹，或爹爹写个信封，我认得出家中每一个人的英文字笔迹，看见就放心了，不必写长信来。毛毛军中地址有吗？请寄来给我，“联副”我的文章也请寄毛毛一份好吗？他一定看了会欢喜。我现在有五年护照，随时可回来，如果你们要我回来，我便可回来。

这儿生活十分寥寂，我盼望十二月可回西班牙去，荷西也希望回去看看父母亲，这儿非洲人不怎么友善，交不上什么朋友。西班牙籍的太太们，怕打仗，都走光了，一个也不留。我很寂寞。

我们此地生活没有什么变化，每天吃吃饭，睡睡觉，一日就过去了。可笑的是我睡觉分三次。清早三点到五点一次（五点荷西上班，我自会起来），早晨八点到十一点再睡一下。中饭四点吃，下午六点睡午觉到七点半，再起来看看电视之类，十一点吃晚饭，荷西十二点上床，我看书到三四点。（这是荷西上早班时间表，他五点上班，下午三点半下班回来。下星期上午班，下午一点上班，晚上十一点回来。）

我想以后会一直写下去，我是说文章。这个东西要灵感，有时枯坐十天半月没有一个字，有时一夜成书，完全勉强不得。

外公、外婆身体健康吗？精神愉快吗？姆妈，我今天寄出信，请姊姊买一件毛料子，做一件洋装（放大彩色照片上的红色长洋装，就是唯一的一张放大照片中那个样式，尺寸如常，不必放大），钱请算给姊姊，我稿费尚有吗？下月《女性世界》也会有收入，约有四五千元。因我公公要我们回西班牙时补请喜酒，我想做一件衣服，颜色姊姊知道。请客、回西路费、度假都要大钱，我没想到公公仍要我们做喜事，这下“齐天大圣”来变钞票，只有现在拼命省了。

请来信啊！我很想家。中秋节是九月三十日，我们吃了卤牛肉。我上周寄回照片收到了吗？

妹妹上

因祸得福

一九七四年十一月一日

爹爹，姆妈：

我的足踝在马德里回来后不几日，便跌断了，当时很痛很痛，在地上狂叫，但是那日没有医生，等了三日脚已肿得一塌糊涂，方才去看，上石膏之类，两个月过去，现已好了，不用石膏，但仍是一碰就痛，已可走路，跑是不行，所以我说生病了。这个脚不断，文章还写不出来呢，因祸得福，荷西因此下班回来仍要带菜、洗衣，现在我已可接过来做了。本来不想讲，但姆妈担心我生什么病，所以现在告诉姆妈，没有什么大不了，已经好了，再过一月便可去度假了。药费保险，只付百分之二十，医生不要钱。

我们因计画写书，所以替相机又添了一个三脚架，一个远镜头，一个广角镜头，我的书要有许多图片，荷西负责照相。这几日又有朋友说，你菜做得那么好，为什么不出一本食谱，西班牙没有中国菜食谱，我可卖一个好价钱，我想太好了，荷西可写西文，我们来出书，计画太多了，要一步一步做出来才好。

现在公司“公共关系”给我一个差事，我却不想要了，因为上司我不喜欢，另外是我们已申请工作在西班牙南部、葡萄牙边上去工作，明年二月可能会走，薪水少，但我们希望走，因此地局势不定，所以我工作的话，做不到两个月又得走了，我亦不太感兴趣，薪水大约有三百美金左右，如明年二月不走，我便去做事。如果明年能走，那是太理想了。

荷西已拿到政府发给的文凭（大学不用念啦！），又拿到水底工程的证书，还有工作执照，现在已有保障，这都是他月月去申请来的。今天发下来，有这文凭，吃饭不愁了。我对他所赚非常满意。昨天给我五千，算我零用，我想买些此地的手工艺品。

姆妈，你的尺寸请寄来，我去马德里买皮大衣给你，在马德里只有七天逗留，会很忙，荷西说我回公婆家要接厨房，我同意的。现在另有一工作，给十万一个月，另每个月给一星期假，在海上浮岛做工，不能带太太，我们亦希望去申请，但荷西不喜去，他说钱没有用，随便他了。我说钱很有用。

荷西又感冒了，我自从知道感冒会到心脏之后，很怕这个东西，他常常感冒，这点很不好。潜水的人鼻子不会好。

姆妈，此地医生硬不给我避孕药，说要有小孩的才开方子，我又去要了一次，不给我，我不欢迎小孩。荷西就是大小孩嘛！爹爹太忙，身体注意，姆妈尽量找空休息。

P. S. 我是每星期一信！

又，我十一月三十日离开此地，去安达卢西亚二十天，如包裹要寄，请十五日以前一定寄出了，谢谢！

妹妹上

又胖又难看

一九七四年十二月

爹爹，姆妈：

旅行虽然好，但是没有家中消息，心中挂念不已，觉得离家日远，不知你们是否都好？希望回到沙漠会有你们消息。

我们在此住了已快一星期，是第二个岛，第一个很大很繁华，现在这个岛叫 La Palma，城内人口只有七万不到，沿海建的城，这儿没有游客，生活平静极了，所以我们多住了几天。这个岛有台湾三分之一大，我们坐公路局车一站一站去看看，风景十分优美，更难得的是这儿的人太好了，无论去任何一个乡下，在路上都有人“早安、午安”叫个不停，简直如在世外桃源，更可贵的是公路局司机，有一次我们跟车去旅行十二小时（本岛绕一圈），司机清早八点半带我们出城，他沿途停车讲解风景，同车挤着的乡下人也一同去绕不是线内的路，更奇怪的是，乡下人带菜、水果、鸡、小羊进城，全部用公路局车，司机不但不生气，每一站都下去帮忙搬东西（大车肚内可打开放货），我一生没有见过如此一团和气的人。我们去菜场买肉买菜才一次，再去人人打招呼，我们太喜欢这个岛了。明年夏天我们已看好一个公寓，租六千元台币一个月，三房一厅大厨房，浴室、大阳台面对着海，全部家具（包括台布、刀、叉、碗……），所以明年七月我们又回来这个岛度假一个月。

我们这次度假的五万元西币除掉机票之外，可以说刚刚够用（机票两万多），但是自己煮饭，在外吃就不够，这种度假是很和平的，没有豪华的享受，煮煮饭，散散步，看风景都坐公车（租车我怕山路荷西不会开），这样十七天二万七千西币左右，住是住得非常好，吃得也好。

我现在是五十八公斤，人老了很多，这是沙漠内弄老的，眼眶都挂下来了，你们看看我是否又胖又难看。我也不在乎。

这儿包心菜一公斤才十八元西币，比台湾还便宜（沙漠中六十元），水果不便宜，菠菜三十台币一公斤（四十西币），我每日吃许多蔬菜。想到要回沙漠，心中便怅然若失，沙漠不只是寂寞，两间水泥地的房子，吃睡都在地上，漫天风沙，没有一样可与这个小岛做比较，可恨的是那两间水泥地小屋也要租我们两百美金，此地三房一厅家具齐全又面对着海，也是要船运货来，也不过一百八十美金左右一月，沙漠阿拉伯人如何与此地比较。

妹妹上

一个也不能少

一九七五年一月八日

姐姐：

我旅行中寄给小孩们的明信片收到了吗？这次快一个半月没有家中的消息，我在 La Palma 那个岛时心里很不定，在外的人没有家信总是不安的，后来我回到马德里，我公婆已经知道外婆逝世，但是他们想我是在度假，所以瞒住我，结果当天下午我去徐家，徐太太告诉我“你家里有人死了，不知道是谁”。我当时自然想到两个老人，但很心慌，马上去楼上找荷西（他家住徐家楼上），我一定要打长途电话回家（但是徐家没有给我接通的意思），我婆婆看我那么急，就说了：“不要急，是你外婆。”我知道是外婆之后心里定了一点，因为我有点心理预备的，所以就没有出钱打电话，直到十二月二十八日才由徐家给我接台湾。外婆的死是很自然的，只是外公太可怜了，老来失伴，想必不会再活多久，人生的悲剧只要医学不发明“不死药”，我想一代一代要演下去。人死是为什么？我还是不懂，不过我亲眼看见过人怎么死去，我只有接受这件事，看见所爱的人死去是很悲痛的事，那种痛，只有现在的外公晓得。我常常想，如果有一天，这种事再临到我，我一定会疯掉，我的父母、兄弟姐妹、丈夫一个也不能少，对外婆我没有太多的感情，所以不太难过，只是想到很多不能解的事。

这次回婆家之前，我跟荷西苦苦跪求，请他一个人回去，说我生病，开刀不能旅行，因为我很怕见反对我们婚姻的公婆，尤其是我婆婆，我怕她怕得要命。但是荷西说办不到，我非去不可，结果进门时我紧张得心都快跳出来了，想不到我婆婆跑出来，第一个将我紧紧抱住（她没有先抱儿子），抱了我很久很久，对我说：“这儿是你的家，我等你回家等了半年。”我公公也抱住我，我被这意外的幸福吓得如呆子，以后兄弟姐妹、姐夫、侄儿侄女全部回来，大家对我好得不得了，婆婆非常和气慈爱，公公更是好得很，第一日回家，我们衣物全部倒出来洗，第二日婆婆替我烫衣服，补皮大衣，又煮好菜，从那时起，我们真正建立了感情。荷西对我更是不必说，我每隔一日煮一次饭，因每日有快十五个人吃饭，婆婆弄不过来，做事是一天到晚在做，我每天很忙很累，但心情都好多了。

荷西父亲已退休，但是家中只有小妹还住着，所以生活不重了，环境也还算很好。其他四个姐姐全嫁得很好，每家生活都是小康水准之上，我想不到荷西家境如此好（以前以为他们很穷），这次我公婆给我两万五西币（台币一万七左右）又给我一个金戒指，我已非常满意了。

平日我睡到十点，我起床后婆婆便弄早饭给我吃，我自然不常出去，总是跟在婆婆后面做事，所以他们对我十分满意。临走时婆婆哭得很，公公年纪大了，已被姐姐、姐夫带去旅行，免得他难过。西班牙离非洲有五小时的飞机，所以他们觉得很远，我们回来之后马上去信，我婆婆要哭很久才会好。

所以对我的婆家我现在已不怕了，反而很喜欢回去。他们家的人跟我们家不一样，哥哥妹妹这么大了还打架（真打），公婆结婚四十年了，每天都大吵大拍桌子，但是你不要以为他们会心情不好，打过吵过不到五分钟，又讲起话来了，不像我们家的人，每一个都很内向。我生气时会伤感情，但是公婆家天天又打又吵（姐姐们结婚了，回家来还会吵架，四姐还跟大哥打得流鼻血）他们感情却吵也吵不掉，真是奇怪的人家。我初见他们打架还上去拉，后来常常见到干脆在旁边看看，比较之下荷西是脾气最好的一个儿子了，我现在对他比较了解，他们家的人每一个都是张飞，但心地是不错，心机是一点也没有，很好的家庭，我倒喜欢。我只跟小妹吵过一次架，因为我们争一个皮包（是她的），她一定不给我，我一定要，吵过就忘了。这次回婆家，荷西寸步不离，我不出去他亦不出去，所以我没有跟他吵架，他对我非常好，九千块一件的牛仔裤他都买给我，我又买了两顶帽子，一件白的毛衣，用了很多钱，真是过瘾。

再回沙漠来实在是很难的功课，这个家啊，进门时门都推不开，因为被沙塞住了，整个家如沙堆一样，水桶内又被邻居丢了羊的内脏，我们又扫又洗，弄了两天还是脏兮兮的。现在荷西又去上班，我很不惯，太寂寞了，物价又涨，一个烂掉的包心菜要一百五十台币左右一斤（马德里约二十台币）。所以在此受苦，钱都存不下来，如果赚这份薪水用在马德里，佣人都请得起了，我们却在此花钱受苦，没有法子。白天冷到十度，夜间零度，我天天发抖，没办法，去买了一个炉子，每天蹲在门外生炭火，眼睛被烟熏得红红的。什么鬼日子嘛！不是为了荷西，我一定忍不下来。这儿人又坏，交不到什么有水准的朋友，荷西同事是一有假期就跑来吃饭，一来留一整天。食物那么贵，我一次饭没有五百台币左右就吃不到东西，这个沙漠真是教会了我怎么过苦日子，我一生在物质上没有如此苦过，但是有荷西，我可以撑下来。女人真是奇怪的东西，只要有个好丈夫，什么苦都甘心受，有时我会抱怨，但是那是假的，心里没有太多的苦就好了，我仍是很幸福的女人。

看报福华毛纺厂失火，姐夫有损失吗？请告诉我，我非常挂念这事。

太冷了，已是夜间十点半，荷西要到十一点才回来，我现在去煮饭了。小孩们都好吗？你自己呢？我已胖到五十八公斤，都胖在胃和肚子上，很难看，但是胃口太好，不吃会饿死，你可否寄减肥的药给我？我只要减到五十二公斤就好了。家中你常回去吗？姐夫生意有没有好转？来信请告诉我。妹妹牙齿一定要去弄平。

妹妹上

他一走我就大哭一场

一九七五年一月二十四日

姐姐：

收到你的来信已是二十二日，我正挂念家中久无音讯，心里七上八下跳的，你的信就来了，也可使我放心不少。这个月家中无一封信，我不知爹爹姆妈是有什么事情。外公累人，不如请他去巴西旅行，他去了话不通，更寂寞，人老并不可怕，可怕的是老而令人生厌，如果自己有个兴趣，看书、集邮、做礼拜都会有快乐，可惜外公完全放弃自己找快乐的途径，徒然令小辈为难。

我自马德里回来之后，感染了很严重的流行性感冒，现已躺下快十天无法动弹，鼻子内部严重发炎化脓，现连到耳内已成中耳炎，喉肿、生脓疱，肺内已咳得出血，支气管炎。我已昏倒三次，夜间不能睡（因不能呼吸），人由五十八公斤减到五十二公斤。每天走路去看医生，下午两点去，等到四点看，看完再走路去买药，又排长龙，买好药再回去排队打针，打好针再走回来，回来人就累得出冷汗，眼前黑潮一波一波地来。吃药全吐，因胃给这几百粒药片搞得一塌糊涂，每日吐十数次，最苦是一个人撑着一拐一拐去医院，我下午去一趟总得四小时才回得来。荷西中午十二点走，午夜十二点回来，我中午撑起来，因下午去看病，要到傍晚才躺下。每天要喝一点热水都没有人煮，荷西上班去门一关，我便要哭，每天他一走我就大哭一场，一哭又咳又吐，吃也吃不下，也没有东西吃，只有白水煮蛋，我人病得眼睛全挂下来了，很丑很丑，最苦是什么事都一个人，生病也一个人，荷西总不能请假来陪我罢！如果现在你寄一个蕙蕙或芸芸来陪我，我真会高兴死了。这一阵常常想家，因实在太寂寞了。今天起床，打扫了房间，又煮了一点鸡和菜花，我想能起床总是快好了，起码精神已好。所以减胖药也不用了，我已瘦下来。

我们下个月有车子了，因为我们银行内尚有九万是活期的，所以我们先付五万第一期，以后分一年付清（共十二万西币，就是九万台币），是很小的车，可坐五个人。现在荷西一月收入可有四万左右，我们用两万，再付房租一万，有一万可存，现在买车就不能存，但车也是财产。我本想今年九月回来，但是路费今年可能又存不出来（太贵了，两个人要廿万台币），也许又得等明年了。

我不要白药，脚已好了。

姐夫的工厂不知能否好转？我看世界局势实在不乐观，西班牙快一百万人没有工作，我们有这份收入我已谢天谢地。希望今年下半年转好，姐夫也可赚钱。看报福华烧掉了一部分，损失有保险吗？

你说姐夫对你好，我想你一定要对他格外好，因为他现在心情不好，你在他回家来时要给他安慰。小孩都好吗？我现在又很喜欢小孩，但今年仍不计画有，荷西不要在沙漠里有孩子。

荷西对我很好，我除了身体不好之外，就是想家，其他都很好。请常来信。请姆妈不必寄包裹来，衣服尤其要当心，不可寄来，我都没地方穿。

人很累，不多写了，全家人请问候。

妹妹上

过一个好年

一九七五年二月十日

爹爹，姆妈：

现在是二月十日下午三点钟，台北时间已是晚上九点左右，想来你们年夜饭已吃过了。我们也是运气好，接连收到两个包裹，第一个已收到快一星期，今天又收到另外一个大的。这些吃的东西我们爱不释手，“龙门粥”已吃数次，皮蛋全挤扁了，不过一样地吃，番茄、蔬菜寄来已烂掉，下次不可再寄，橘子已吃掉，香肠发霉成白毛毛虫，我已抹干净挂起来，外国火腿、中国火腿都没有坏，腊肉也挂起来了，另外小包食物全部放到纸盒中，家里一片过年景象，虽然只有两个人，但我们因为挂了香肠，也有一点气氛。最奇怪的是这一套小陶器的茶具，我这半个月来，天天想这套茶具，也说不出什么心情，反正就是想要，而且天天在想，结果心灵感应，你们偏偏给我寄来（没破），我打开来时吓得目瞪口呆，这个心电感应是很灵的。桂圆我下午来煮汤吃，这次包裹来，内容太丰富，请下次无论如何不可再寄，花钱花精神我收到虽然很高兴，但是内心却内负重担，不知如何心安。

父母爱我之情，这一生不知如何回报，我是急切希望荷西快快离开沙漠，另外找事，你们好来同住，要不然沙漠里没有出头之日。荷西吃了一个中国橘子已去上班，今天包裹是他同去镇上领回来，他切了火腿吃，他看见姆妈居然放橘子来，摇头叹息，不知如何是好。现在东西都已放清楚了，家中食物很多，我们可过一个好年。谢谢爹爹、姆妈，我们虽在沙漠里，也没有忘记我们。下次绝不可再寄任何东西。吃的我现在又去军营中买，一次买大批的，就是要排队等，一次要等五小时以上（早晨八点半去，下午两点半回），我自己一个人去，买大批东西，再去镇上叫计程车回军营，自有军人帮我抬上车子，这样每月可省二三千块（便宜三分之一还要多），我这次看见有橘子，一口气买了十公斤，比外面市价便宜一半，所以姆妈不要担心，我们会想办法，我一月半月买一大批，排队也只是苦一个早晨而已，何况同等的太太们也可聊天。

更好的是，我们的汽车已运来了，这种车有两门的，有四门的，荷西想了一想，加了一万多，买四门的，他说将来爹爹、姆妈来了不必弯下腰进出车子，四门的大一点，进出方便，是白色，里面黑色，非常美丽，很空洞，我们结果是一次付清，十二万一千（西班牙本土是十六万，此地不上税，另外车内无线电没有），现在我们穷得只有几千元在手上，尚得借一万元来度日，好在下月一日又发薪了（一次付利息可以省下六千多元），马德里我们尚有三十七万左右是定期存款。（其中八万五千是荷西，其他是爹爹的。）车子后天牌照弄好，我们买好保险就可开车了，这样我买东西、荷西上班都方便多了。

我的身体已好起来，一吃东西，人又胖了，真没办法，前半个月人如同活死人，天天躺在床上，现在已会起床，也能洗东西、洗地，精神亦好起来，胃口不太好，但又胖回五十四公斤。这一阵天气非常好，不太冷，我去申请了俱乐部做会员，现在可以去游泳，晒太阳，做会员可以用游泳池，每年三千西币。沙漠中生活太无聊，所以我们去做会员。

想来明天新年家中又是一番热闹，只是今年外公是太可怜了，我想他已放弃找快乐，一个人如果心死了，那么活着是非常无聊的。我本想今天请朋友们回来吃年夜饭，但是荷西下班时已是十一点深夜，所以改在这个周末叫朋友们来吃中国菜。我已两天无水，我们买瓶装的淡水来洗碗，真是豪华。

想想姊姊一定又在为公婆家过年忙碌，我也做得一塌糊涂，我公公现在已发肾脏炎，他年纪大了，荷西十分担心，我公公家数荷西最孝，其他人不怎么孝。我昨日尚写信给我公公，问他要不要维他命，因他病了快一个月了。

台中大爆炸案，我们在收音机中听到新闻，荷西说是台中，我想一定炸得不得了，不然撒哈拉电台怎么会有消息，果然死伤那么多（报纸来了）。

我因病了快半个月，欠信快三十封，都得回信，所以稿子被拦下了，这一阵已写好草稿一篇。太多朋友在通信。

味精及六神丸已收到。最奇怪的是，“云南白药”药方上说，可治喉肿痛，我前一阵不但喉内生脓，连舌头根上都发脓疱，我怎么打消炎针都无效，结果服两次白药掺白兰地，第二日便大好，咽水不痛，又服两次，完全消退，所以我觉比六神丸更有用，只是这种东西太烈我不敢多服。

我们现在在等四五月时的一个新工作，赚得少，但是是在西班牙南部，很有希望会去，是一个港口的工程，有四年的工作期。这儿本地非洲人要独立，摩洛哥人又要下来，下面毛里塔尼亚的人要上来，大家都为着抢这个大磷矿，我们这儿数天便有爆炸，现在夜间十二时后已戒严，情况非常不安定，好在我们没有小孩子，万一有事了也不怕。

我们可能夏天一同去马德里看房子，现在尚未决定。不多写了，祝爹爹、姆妈新年快乐，身体健康，希望不久的将来，能够来同游西班牙。外公请替我问候。

妹妹上

P. S. 爹爹，信封上邮票是新的。

姆妈，我有一本全部中国的邮册，现在在哪里？里面有好多套在国外已很值钱了。请过年后替我留意留意，谢谢！不要被小孩玩掉了。我的书都还在吗？我回来时要的。

这辆车子名叫“马儿”，因为它总能在沙漠里飞驰。即使是四个轮子都陷在沙里了，只要在轮子前铺上木板，用力一发动，“马儿”就又从沙里跳出来了。

替我祷告给我中奖券

一九七五年三月十五日

我最讨厌过生日！请你们忘掉我又老一岁！

姐姐：

我们的信恰好错开了，收到你的信，我也已寄了信给你，不知道你收到没有？我这几个月来老是生病，实在没有意思，但是它要生病我也没有办法，我想沙漠里太不运动了，才会如此。

你这次寄来的照片真是时髦漂亮年轻，好像孩子们的姐姐一样，最奇怪的是蕙蕙，她胖了，变得意外地好看，你一定要打扮她，给她信心，妹妹还是妙妙猫的模样，头发剪掉太可惜了，小弟很好看，但是不壮，你要常带他们去公园玩，甚至可以去烤肉，给小弟长壮点。荷西说："你姐姐那么好看，婚前一定有很多男朋友。"我回答他："就是可惜结婚太早，要不然她还可以疯一阵再嫁人。"不过我现在反过来羡慕你，因为你那么年轻，小孩却长大了，不像我，到现在没有孩子。荷西说你非常好看，又年轻，我觉得你的打扮还是太老气，像我只比你小三岁，但是我还是穿牛仔裤，梳辫子，人就年轻。不过台湾的环境也不容你乱穿，我在此就自由多了。

姐夫对你好，也是你这许多年来的忍耐换来的，一个女人最要紧的是不虚荣能吃苦。（好虚荣能吃苦也行，最怕又不会吃苦又要过好日子。）这一点你是做得非常好。像我其实也一样，我现在手边没有一毛钱，因为我懒得管钱，每月的钱由荷西管，出去买菜，看电影，买邮票，买衣服，我就伸手要，有时由他付，我可以十天半月不接触钱。你们一定好笑，妹妹这个守财奴怎么变了，我跟你讲，这是荷西太真诚，我对他有信心，知道他没有私心，不会骗我，所以我放心完全不管钱。我们夫妇感情好我也要做一半，我从不抱怨沙漠（其实住久了也习惯了）。所以我说你也是苦出来了，姐夫能讲你好也是他还有眼睛在看你的为人，你要更加对他好。（你们什么时候可以搬个家，房子弄漂亮一点？）他工厂撑得如何了？

我们六月可拿三十六天的假回西班牙去，路费两个人来回就要三万（两万台币），另外一个月尚要用五万左右，但是我们一定要去。这次去想去买一幢公寓，我们银行有三十万西币（二十万台币），这钱有三分之二是我的，三分之一是荷西的，我们用这钱付第一期分期付款，以后租出去，再自己贴一点，苦五六年可买下一幢一百多万的房子。这样一买房子，我们度假的钱都要向公司借，以后也完全没有现款，但是我不怕苦，年轻苦老年了就有点财产了。买了房子就不能离开沙漠了，因为此地薪水好，我们回西国赚不到这么多（我们每月可存一万西币，有时还多）。也不能回台湾，我们这五六年可能一点现钱也不余。爹爹说可以出路费给我回家，但我想不能再用爹爹的钱，我不回来。荷西赚得不少，但日子还是拼命省。

听说你有文章登在中央日报上，我真是恭喜你，请寄来给我看看好吗？你的“妙妙猫”（就用这个名字）可以写她一大篇，这个疯子女儿很有材料可写。写稿不但可出名，而且有钱可赚，我每月都赚一点点，但是我还是喜欢。希望我们两人都常上报。你用“田心”做笔名吗？

爹爹在新店买新厝，我很失望，我希望爹爹姆妈五年后可以来西班牙住，现在我们没有能力，沙漠也不能住，现在爹爹买新屋，我怕他们钱又紧，不肯花钱来西班牙，我又无法寄路费。将来也不行，荷西不是发财的料，你替我祷告给我中奖券，我有钱接父母来（我们上月中两次奖券，共两千西币）。

宝宝的小孩实在很好玩。我计画今年九月怀孕，明年五月生产（沙漠生，或回台生，但没有钱回来），马德里生产比较安全，但没有人管我不行，我婆婆不像姆妈那么好，所以大概在沙漠生。你是否有一张“生男育女可由人”（《读者文摘》）的文章？？可否寄来给我？

妹妹上

荷西抓回来的大虾。

撒哈拉“繁星花园”。
一九七五年重五十七公斤。

女人真是奇怪的东西

一九七五年四月十七日

姐姐，大哥的死使我感慨万千，本来并不想回国的，但是现在思家心切，每日梦中总是看见你们，我出国不及两年，先是外婆，现在大哥，再下去不知是谁，你说我心里如何平安。我跟荷西谈了又谈，想了又想，我们的钱，如果回国，便不能买房子，买房子，便不能回国（回来一趟总得十六七万台币），但是这两件事都是必要的。

父母年纪大了，我们做子女的能给他们安慰，便应该尽力去做，我知道回来也不过是住两三个月，但是他们一定会高兴。我现在心里十分矛盾，不回来，一直不能怀孕，万一先怀孕了，那么何年何月才能回台？回来一趟，我们所存又得再从头来过，一切要晚两年左右，荷西所赚存了一年也只得十万十五万，但是我实在是想回来。

人生无常，旦夕祸福，所以我现在的看法很消极。我只求有一幢公寓房子做生活的保障，其他我全不要，生活也不必拼命去省，因为人不知哪一天就得去死，这个世界努力是徒然的，想吃想玩，用掉些也不必心痛，反正要死的。

话说回来，我万一现在死了，也没有太多遗憾，因为我活够了。大哥就划不来，他一生都在受苦，到头来还早死，上帝是不公平的。嫂嫂处我有信去，她太可怜了，大哥是很对不起她的，像他那个身体，实在没有资格结婚。

我这一阵没有写东西，大哥的逝世，令人心烦意乱，我一直在想人生的问题，不由得非常消极。现在一面煮饭一面写字，上午油漆了两条长椅子和一个桌子，一个灯，弄得我很累，生活还是谈不上享受。结婚一年，连条椅子都没有（太贵了），现在总算弄了木条来做了两长条椅子（以前坐在地上），这个家我们不但要做木工、电工、油漆工、水泥工，还要做饭、洗衣，假日还得去海边崖岸下吊下去捉海鲜，辛苦得一塌糊涂。但是我从来没有如此幸福过，女人真是奇怪的东西。（我就不懂，怎么有女人不会吃苦，其实都是很好玩的。）

你文章写景比我强，再接再厉啊！

妹妹上

亲爱的妙妙猫，你寄来的自画像实在是太传神了，想不到顽皮的猫咪也有做画家的天赋，我非常为你骄傲，希望你将来做个画家。你说请我画荷西捉来的鱼，这一阵海洋十分发怒，荷西不能下海去工作，也自然捉不到大鱼，所以我也画不出来，但是你看到上次我寄给你母亲的照片吗？照片中有一只龙虾王，已被我们吃掉，大不大？现在我送你一张骆驼的合照，作为代替“鱼”

的画画，你喜欢吗？这只骆驼不是人养的，是野生的，但是它十分和气，随便人拍照。有些骆驼就很坏，不但追着人乱咬，还会喷口水，踢人，我真希望你也来这儿看看各色各样的沙漠动物。你真是越大越好看了，谢谢你的自画像。祝

安康

阿姨上

蕙蕙，你一定想，阿姨怎么只送妹妹照片呢？这样不公平啊！所以阿姨也送你一张登记照，请你不要忘记我，记得第一次出国时是一九六七年，当时你尚是个小娃娃，所以我回国时你叫我“西班牙阿姨”，我现在真的是西班牙阿姨了，这要谢谢你，因为你的“预言”使我有今日这样幸福的日子。请努力用功，妹妹做画家，你做作家。祝

念书快乐！

阿姨上

荃荃，这只彩色的骆驼是特别送给你的，你是我们家中的“美男子”，我常常想念你，请你不要忘记我，再见！

阿姨上

亲爱的小蚱蜢们

一九七五年五月二日

亲爱的小孩子们：

这是姨父荷西送给你们的小礼物，鱼的名字上面是西班牙普通名称，下面一行是拉丁文的学名。我们从马德里托人买了寄来，再寄给你们。如果收到了请回一张短信。因为我知道妈妈现在较忙。这个包裹是荷西的，不是阿姨送。

姨父的信，阿姨译

亲爱的小蚱蜢们：

我看芸芸来信那么喜欢鱼，所以我将全西班牙的鱼都寄来给你们，如果你们比较喜欢真的鱼，那么只好将来有一天来找我，我带你们下深海去潜水，看看海底的东西有多么美丽，我们一定会在海底玩得很好。如果你们也不喜欢潜水，那我只有下次寄些活鱼摇着尾巴到你们家去住。当你们收到这个小纸包裹时，赶快给纸上的鱼吃点东西，他们一路由非洲旅行到台湾都没有东西吃。你们的姨父拥抱你们。

（请烫一下纸，收到一定皱了。）

荷西·马里安

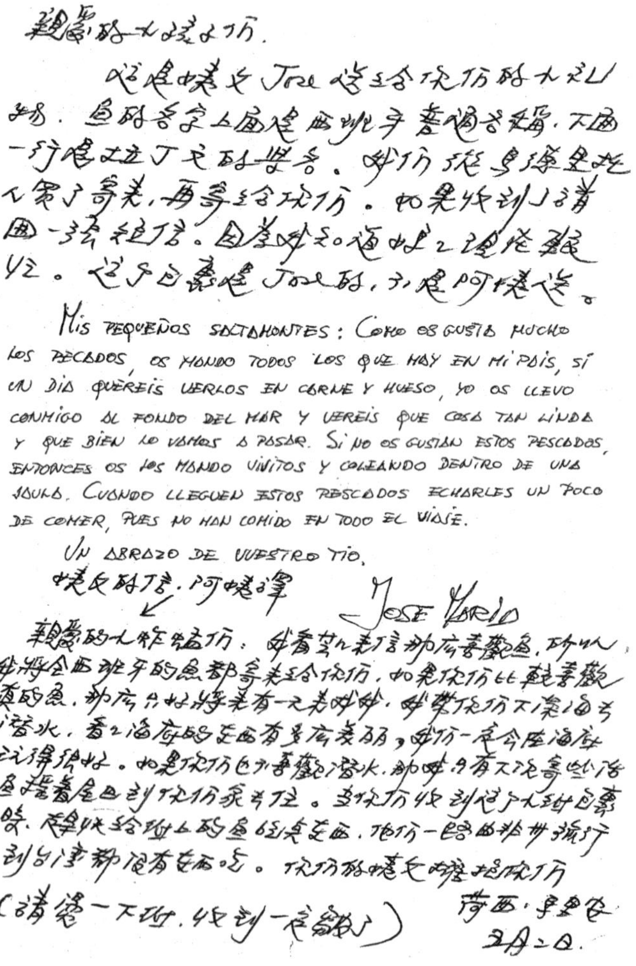

親愛的大姪女們.

這是姑丈Jose 送給你們的大禮物. 魚的名字上面是西班牙普通名稱. 下面一行是拉丁文的學名。我們很多張是托人買了寄來, 再寄給你們。如果收到了請回一張短信。因為我不知道她們之懂不懂(?)。這些全部是Jose的, 不是阿姨送。

MIS PEQUEÑOS SALTAMONTES: COMO OS GUSTA MUCHO LOS PESCADOS, OS MANDO TODOS LOS QUE HAY EN MI PAIS, SI UN DIA QUEREIS VERLOS EN CARNE Y HUESO, YO OS LLEVO CONMIGO AL FONDO DEL MAR Y VEREIS QUE COSA TAN LINDA Y QUE BIEN LO VAMOS A PASAR. SI NO OS GUSTAN ESTOS PESCADOS, ENTONCES OS LOS MANDO VIVITOS Y COLEANDO DENTRO DE UNA JAULA. CUANDO LLEGUEN ESTOS PESCADOS ECHARLES UN POCO DE COMER, PUES NO HAN COMIDO EN TODO EL VIAJE.

UN ABRAZO DE VUESTRO TIO.

姑丈的信. 阿姨譯

JOSE MARIO

親愛的大蚱蜢們：我看到你們來信那麼喜歡魚, 所以我將全西班牙的魚都寄來給你們. 如果你們比較喜歡真的魚, 那麼只好將來有一天來我家. 我帶你們下海去潛水, 看看海底的世界有多麼美麗, 我們一定會在海底玩得很好。如果你們也不喜歡潛水, 那我只有下次寄些活魚搖着尾巴到你們家去了。當你們收到信了大概已經晚, 趕快給紙上的魚吃點東西, 牠們一路由非洲旅行到台灣都沒有東西吃。你們的姑丈擁抱你們

(請燙一下紙, 收到一定皺了)

荷西·馬里安
五月二日.

三毛和荷西寄给甥女及外甥的信。

屋顶又飞掉了

一九七五年七月九日

姐姐：

太久没有给你写信了，常常收到你的来信，却因为太忙无法安心提笔回信。现在我考试已过，驾驶执照的笔试及格了，这是我花了一星期苦念交通规则的成绩，开车考时一紧张，车子熄火了，所以下星期还得再去考，没有及格。这一阵就是忙碌这一件事情。

其实这里乱还是很乱，但是不是本地人，是摩洛哥人下来放炸弹，这个四万人的小地方，每天他们都来放炸弹，弄得我们公共场所都不敢去。现在摩洛哥又要打下来占领撒哈拉，我们本来已经要走了，但是找到的工作只给两万五一个月，合台币一万七千，如果要租房，吃饭，再加上一辆车，这个薪水可以维持清苦生活，无法存钱，所以我们不要去了（这儿每月赚五六万元一月，省吃俭用，可存两万三万一月，付马德里的房款），我的心情很矛盾，不走了，又担心此地再烧杀白人如上个月，如去了，钱太少，都不是很安定的生活。这几天沙漠又刮大风沙，我们屋顶又飞掉了，这种日子有趣是有趣，但也实在辛酸，家中一切简陋到不能再简，怎么相信是入月上千美金人的家（在美国我们用同样的钱，可以过十倍好的日子）。

今天是我们结婚一周年纪念，荷西买了一盒糖和一个银手镯给我，糖只有合台币两百多块，但是我们想了一年没有舍得买，总算现在买来吃掉。晚上我们要去国家旅馆吃饭。我们从来没有出去吃过饭。回想一年生活，有苦有乐，最有成绩的是我们共存了快二十万台币（连车子在内），我们是硬省，但有成绩也不算白吃苦，所以一个家太太是很重要的，太太省，一个家才会好起来，荷西也不太用钱，但是比起我来手又松了些。荷西是个诚恳的人，不虚假，负责任，对我有感情，体贴，凡事跟我商量，家事帮忙，我凭良心说，不能再挑他念书不够的缺点，我十二分地满足了。我们常常争吵，大半为了他的兄弟（因常来要名贵东西），我公婆是很好的人，婆婆尤其对我好，所以我们不会为公婆吵。最近为了学开车，他常常骂我，我们又吵，但是这些事完全是正常的，我想婚后一年实在是幸福，再苦的日子我也不在乎了。

外公再度回台，我为这事挂心得不得了，姆妈像老牛一样为这个家在做，我怎么忍心。请你劝劝姆妈，明年出来走走，最好爹爹也来，你也来。如果姆妈来了，一个人，我们不好玩，爹爹一定不肯来，但是有我陪一定好玩，包你们玩得好。我们听说姆妈可能会来，所以明年的假不知怎么办，因荷西与我本想明年二月去出租我们马德里的房子（要自己去登报出租，他家人不管），现在我们计画拿半个月的假，等你们来，再拿一个月，要不然荷西无法同来。

请尽早告诉我你们大约何时可来，我们要将车子运去要几个月前便买票。爹爹你也劝劝他来两个月。手续如果有我在，直系血亲，不难。我们省省地用，自己开车，住中等旅馆，不贵的。

我已三个月没有吃药，但是小孩子并没有来，怎么办？是否不会怀孕了？荷西又急起来，催我去看医生，我想半年、一年没有，再去看看怎么回事。我公婆望穿了眼希望抱孙子，他们只有外孙，姓 Quero 的没有。我并不太急，反过来荷西天天急，他神经病啦！一下要，一下不要，现在又要了。

昨天一个炸弹炸在我们停车附近（在镇上），我被吓得眼睛都黑了，后来我们又跑去看热闹，炸弹一炸，地都会震。

姐夫生意怎么样？钱有没有周转好些？请你问候他。你的三个孩子可爱健康，这是你的收获，但是我总觉得你太可惜，结婚太早，没有过好日子。你公婆好吗？你每天去吗？为什么不去学开车，然后买辆小迷你开来开去？张兰有没有事给我做？加纳利群岛曲铭有船吗？

妹妹上

一九七九年八月，姆妈和爹爹终于与荷西见面了。

我的书会洛阳纸贵

一九七五年九月二十日

姐姐：

恭喜！恭喜！你知道考取驾驶执照是比中特奖还难的事情吗？我没有梦想在台湾考过，因为台湾太难了，想不到你一考就过，现在我们家只差毛毛没有执照，我们都有了，难怪爹爹那么高兴。现在你应该分期付款买一辆小迷你车（如老胶的），如果考了执照不开，会忘记，因为你要学开车，是执照之后的事。我们这儿交通很不乱，但是我初次独自开上街，还是紧张得不得了，现在好多了。台湾交通那么乱，我想我回来也不会开车，吓也吓死了。你问问宝宝新车要多少钱，新车虽贵，但性能好，不要买旧车。

你说明年来要那么多钱，我实在难解，此地旅行团去远东旅行，十九天，全部包括在内，收六万台币，我就不懂台湾为什么收那么多。但是跟旅行团来只有一个好处，就是各国的签证会出来，如果私人申请，往往三个月尚不给签证，像伯伯嬷嬷来一次欧洲费了多少事申请入境，结果意大利还不给。

你现在一定要跟旅行社商量，你怎么能在西班牙留下来起码半个月一个月，因为西班牙我们在，你来了走马看花真是划不来。另外一件事情就是，我要从非洲回西班牙会你，也要五小时的飞机，如果只见面两三天，岂不是令人不甘心。我是想运车回来西班牙，我们两人开车去南部玩，你会喜欢得哭出来，因太美太美了。你为何不再来沙漠两三天？如果你来西班牙三天，不如不来的好，太短太短了。

这几天我大牙痛，痛得我快疯掉了。我这一个月来，每天都跑医院，彻底地医鼻子过敏（医好了）。现在这个牙齿啊，发炎发脓了，医生不肯拔，因为拔了脓会散开来，深入伤口，一发不可收拾，他给我服了快一百粒特效药，我体重一落四公斤。我痛得疯了，上星期骗他好了好了，叫他拔掉。他上当了，给我拔，现在自作自受，伤口那个洞，发脓了，口腔完全发炎，仍是痛、痛，又是特效药，医生也不大管我，也不替我洗洗擦药，只吃口服药。我真恨死了，这种小毛小病永远也不会完，所以医疗保险也不大好，医生很差，不大管病人，口里烂了一个深洞，我什么也没有心做。

所以你讲起父母的爱心，我觉得很对，我拔牙的麻醉很差，许多人都讲这个医生麻醉很少，会拔得痛死，但我当然是一个人去拔掉，以后一次一次去医院，或去买药，或照X光。荷西有空也不陪去，这个汽车又坏了，每次发动都要推，我人痛得昏昏沉沉，也是一个人在街上请人来帮忙推车，荷西并不管。我每天讲，要修，要修，他也好似没听见，我痛得这样，他内心并没有为我痛苦，他每天过得一样，还叫朋友回家来吃饭，我想他根本没有为我的痛在分担。你说他是个坏丈夫吧，他不是，他下班了就回来，对我也还很负责，钱也给我，但是精神上，他怎么能跟父母的万分之一比！我记得以前在台湾有一次下巴脱臼了，爹爹带我去口腔外科把下巴放回去，我痛得叫，爹爹脸色都白了，后来他对医生说，他要晕倒了，还是出去等。所以我常常想，丈夫是不值得去牺牲的，只有父母是要回报的。像荷西那么好，但是对我实在是不够不够，他的好是做出来的，来讨好我，但是他的心里就不会自然地为我痛（我会为他痛），不公平。

不过我已很满足了，起码他心里还没有别的女人。

恭喜你有了新房子，我以后会寄给你很多美丽的杂志，都是布置房间的，太美了，我每期都买，我真希望能明年回来一次，替你从头到底地布置，要出书我就回来三个月。

《皇冠》杂志给我两百美金，预定我出书的钱。你看，我的书会洛阳纸贵，我还不要呢，将钱退回去（将来再谈书价）。一共有三家出版社来谈了，我都不要。

这本书我出了时，要在书上写，送给我的父母，爹爹姆妈会高兴得不得了。

蕙蕙也是我的忠实读者是吗？我就是写给她这种小孩子看的，我的文字都很浅。

这儿每天都有定时炸弹，今天下午又放一个，但是除非运气太坏太坏，不会刚刚去炸死（当然每天都会有人偏偏去炸死）。

姐夫生意好转没有？你们明年的新房子，家具除了你的床之外，应该完全重新买过，旧的太难看了，应该卖给收旧货的。

我要的东西太多了，干脆一样也不要。荷西与我都酷爱吃冬菇，有冬菇时请存下来给我们寄来。台湾乌来冬菇也欢迎。

衣服不要，我回来时再做。

假睫毛稀的一种，请寄几付来，胶水不要，放信封内寄来。

我们赚来的钱，完全投资在那幢房子上，靠薪水存钱真是辛苦，我们一个月存三万（两万台币），再多实在无法，很省很省了。现在家中还是一把椅子都没有买，只做了两条长凳子。

家中事情我放心不下，都在家里信中写了。姆妈说你常回去帮忙，芸芸也去帮忙。宝宝不知情形如何，姐夫及小孩子们好！

妹妹上

有一次寄给你两支口红，你还喜欢吗？合用吗？一共才一百块钱不到，一支口白，一支口红，一同擦（先口白，再口红），你未提起合用吗？

又有一篇《芳邻》投稿，请替我注意刊出的日期。这次写得很顺利，才写了两天，一天草稿，一天抄上去。共七千字。

又：我前几天有一小包药寄回去，给宝宝治鼻子，是航空，叫他收到后回信给我。

做了房子的奴隶

一九七五年十月九日

姐姐：

你的来信、钱及眼睫毛都收到了，我实在不忍心收你的钱，因为你自己并没有钱，都是去省下来的。我们这儿如果不是为了那幢公寓，日子可以过得很舒服，现在做了房子的奴隶，我很有悔意，但是也没有什么办法。你的钱我们不会用，以免万一这几个月又乱了，手边又是一点钱也没有，爹爹那边我不再向他借，因为我们要自己来，但是明年二月以前如果局势不变，没有太大问题，一独立失业，我们只有疯掉，这个房子明年二月要五十万，八月要三十万，每个月又要一万，现在我们离明年的第一期五十万尚很远很远，所以局势一定不能坏下去，但是很不好，大家又逃了，因说十二月要独立。反正急也没有用，等到明年再说了，荷西说，如他失业了，我回台湾，他回马德里，失业的那笔遣散费用来付第二期三十万的房子（如果有那么多），我等他找到事了再回西班牙，这样开销省，我也不必去跟公婆同住，我说不定明年还跟你一起回台湾住住同时出书呢！

我这一阵心乱得很，其实沙漠再苦，有钱赚我也认了这个苦，现在还不给赚。

我的大牙发炎已好，另外一颗又痛，要补，真可怕，补牙不在保险内，得自己出钱。

你驾驶执照考上了，一定要练习，不练会忘掉，经验也不足。我现在开车去镇上很挤的地方，还是怕得很，车又坏了常常熄火，所以很怕开，大概开一年后才会开熟。

你的新家，我买了很多杂志，全是布置家的，下次寄给你参考，现在被人借走了。你的孩子慢慢长大，苦也快苦出来了，公婆如果明年赴美，就好多了。姐夫生意情形不见你说起，我亦是挂心。

我曾给家中去信，拜托你做一件白衬衫给我，最普通的白布，国民领，短袖，如妹妹们学校制服一般就可，你去东门买。如果有好看的牛仔布，请做一条长裙子，四片裙，腰身尺寸做你的（放一点点），如果没有牛仔布，就什么都不要，只要衬衫。以前寄来的全洗黄了。钱请用我家中稿费去算，我所赚不多，但每月都有几千收入，可以自己付，请跟姆妈算清。尺寸做你的，放一点点，因我比你胖。

我投稿的《芳邻》怎么一直不刊出来？你看到了吗？我已寄了快十几天了。

这儿的人又逃光了，我们是不再怕了，好在十一月要强逼去度假，我们可以出外躲一个月。这些撒哈拉威人真疯狂，你要独立，西班牙也给独立，吵什么嘛！不是不给，是给他们独立，但要商量细节，他们就乱杀乱烧，又来放炸弹，神经病啦！所谓强迫度假是因为我们尚有一个月假未拿，公司一定要我们拿，我们根本不想度（因不能赚钱），也只有去了。美金下次不要寄我，我们很好，你放心，明年见！

妹妹上

小孩房间的布置书上有好多啊！我这星期内寄给你。

局势又很坏了

一九七五年十月十八日

姐姐：

我们这儿的局势又很坏了，这一次是跟北部摩洛哥，因为摩洛哥说西属撒哈拉是他们的土地，这件事情已闹了快十年了，前天无论是联合国或海牙国际法庭，都已调查结束。西班牙跟摩洛哥打的官司摩洛哥输了，国际间都说，应该给撒哈拉独立，不应给摩洛哥占领。

这是前天，前天下午，摩洛哥的国王广播，他说不管怎么判这个官司，二十七号（十月）他要放五十万个平民，不带武器走过边界，来强占撒哈拉。他的想法太狡猾聪明，他不用军队，放妇女和小孩子过来，西班牙无法开枪打平民，这是无论如何西班牙已经没有打就输了的一场战争。

我们住的地方离边界只有四十公里，现在已经布得麻麻密密的军火和帐篷，如果二十七号他们摩洛哥人走过来，我们被活活吃掉已是没有问题的，我们此地一共四万人，欧洲人两千多，现在我们已被吓死了。今天我们开车去看了一看边界，我们这边火箭炮都已放好，炮衣都脱掉在等，这个同时，联合国安全理事会召开紧急会议，要在二十七号以前调理这事，西班牙当然紧张，各国记者一下子全涌到此地来。

我们要走，但是只有三十一日的票，还是托人千辛万苦去抢来的机票，荷西有一个月的假，我们三十一日离开，去加纳利群岛的 Tenerife 岛住一个月，等局势转好再回来。但是二十七日将会发生什么，谁也不知道，因为摩洛哥人很凶，现在不只是国王一个人要占领，全老百姓都要杀过来，自动去登记二十七日越边境的老百姓就有三十万（今天一天），我们真是气死，我快被吓死了，但是没有什么办法，只有等二十七号的来临，我想不可能打起来。这片沙漠有丰富的磷矿，有一千多公里的海岸（渔业），大家都来乱抢，事实上不值得这样抢，打一场仗，五十年磷矿所赚也抵不过。我们心理负担很重，新房子付款尚差那么多，我们无论如何禁不起动乱，如果一乱，我们不但失业，房子也付不下去，真令我忧急。

姐姐，不行啦，现在联合国决定二十日开紧急安理会讨论摩洛哥平民入侵的事情，我们在听广播，摩洛哥提早入侵，现在是二十三号来，他们趁联合国军队来不及赶来，他们先来。今天是十八号，我们走不掉，政府没有飞机来疏散，我们日夜听广播。明天早晨我去看此地认识的人，看看有没有法子拿一张机票，荷西无所谓，他说没有孩子，没有财产，但是一场惊吓是免不了，他公司没有说叫人走，我们不能停工。现在我先告诉你，你不要告诉爹爹、姆妈，不会有事，但是这一次是很紧张很紧张。

我有告诉爹爹、姆妈摩洛哥跟我们很危急，但是不知是二十七日，现在提早到二十三日。

我二十三日一过，马上告诉你，先寄此信，以免邮政不通。不必回信，我收不到了。

我想没有事，你做一个准备，万一我有事，我写的书要出，《皇冠》杂志可找平鑫涛社长，他会替我出。

我的文章家中有存起来吗？书出了是送给爹爹姆妈的，不要忘记写在第一页。

全家人好。

妹妹上

十九日寄

我们逃去海边

一九七五年十月二十日

姐姐：

摩洛哥人来啦!

“现在”来了，他们早上开始像蚂蚁一样来了。如果我出了什么事，请替我出书送给爹爹姆妈，我们无法疏散，边界在打，我们逃去海边。

人的一生不值得什么，我也过得够了，你不要怕，没有遗憾。

我很爱你们，全家人。

没有电了，没有水了，食物也没有。如果事情过了我会马上告诉你。

妹妹

枪声已听见了，这次来得太快了。

爹爹姆妈处不要讲！等我消息。

世界上最最了不起的青年

一九七五年十一月一日

爹爹，姆妈：

先向你们报告好消息，荷西与我今天下午五点已经再度会合，我二十二日离开撒哈拉，荷西今天在最最危险，几乎是不可能的情形下，坐军舰离开，我十日的无食无睡的焦虑完全放下。这十日来，完全没有荷西消息，我打了快二十个电话，接不进沙漠，没有信，我去机场等，等不到人，我向每一个下飞机的人问荷西的下落，无人知道，我打电报，无回音，我人近乎疯掉。

结果今天下午他来了，爹爹，姆妈，你们的女婿是世界上最最了不起的青年，他不但人来了，车来了，连我的鸟、花、筷子、书、你们的信（我存的一大箱）、刀、叉、碗、抹布、洗发水、药、皮包、瓶子、电视、照片……连骆驼头骨、化石、肉松、紫菜、冬菇……全部运出来，我连一条床单都没有损失，家具他居然卖得掉，卖了一万二千元（小冰箱、床、地毯、洗衣机），不但人来了，钱也有多，在 Aaiún 那种人挤人，人吃人（已无水十五日、无车、无食物、无汽油、无药），人争着抢上飞机的情形下，他独自逃去海边，睡了两夜露天，等船来。军舰来了，不带，恰好有一条船卡住了，非潜水夫不能开，他说："我下水去替你们弄，你们不但要带我走，我所有满满一车的东西也要上。"结果他奇迹似的出现在我眼前，我们相抱痛哭一场，我是喜极而泣，他看见我，口袋里马上掏出大堆钱来给我看。

他下午五点到，我们六点已租好一幢美丽的房子，在海边（荷西不能缺水），合同签好，一日旅馆费也不花，住进一幢美梦中的洋房，完完全全有家具，连墙上的画都布置好，有一大厅、一卧室、一小客房、小浴室，大窗对着海，家具用品应有尽有，有一小园子。这是一个海边的社区，远离城市，完全是几百千幢小平房造在山坡上，居民有四十多种国籍，街上白天不见人影，幽静高尚，不俗，人也高尚极了，是个人间天堂，治安好到没有警察，许多老年人（北欧）在此终老，此地四季如春，我在此区已住十日朋友家。

房子是我向一对瑞典夫妇租下（我讲德文），一月一万西币（水电在内）（合七千多台币），食物是沙漠的半价，我的厨房应有尽有，令我眼花缭乱。荷西已入睡，十日来，他白天上班，夜间搬家，尚去弄好了此地 Las Palmas 的药医保险，是一个了不起的大勇的好男子汉，我太爱他了，我当初嫁他，没有想到如此，我们的情感，是荷西在努力增加，我有这样一个好丈夫，一生无憾，死也瞑目。（要妹妹 Echo 讲出这样死心塌地的话来，是太阳西边出了。）我比起他来，在人格上理想上是高他一等，在能干上不及他一半，只有爹爹可与他相比，但爹爹性格内向，身体不好，常常自苦，荷西却没有这种使他痛苦的性格，这是我们陈家的骄傲，有如此一个好女婿。你们一定要更加爱他这个儿子。

爹爹，姆妈，你们一定会喜欢荷西，经过此次的考验，我对他敬重有加。别人的先生逃出来只一个手提包，脸色苍白，口袋无钱，乱发脾气，荷西比他们强很多很多。我们陈家人，有骨气，但是性格全都内向（包括姆妈，她忍在心里），过分老实，但是荷西就是“滑落”，也不自苦，也不多愁善感，我很欣赏他，粗中有细，平日懒洋洋，有事不含糊。

再说撒哈拉，在本月十八日摩洛哥送三十万平民走过边界，后又增到二百万“人海战”，西班牙吓得瘫掉了，Aaiún 连军人才四万，全撒哈拉西属，才七万五（二十八万平方公里），后来南边毛里塔尼亚也由南边送平民来过边境（我就逃掉了，无票上机），这几日紧急会议再会议再会议的结果，西班牙不战而败，已签密约，摩洛哥与毛里塔尼亚瓜分撒哈拉，最最可怜的是撒哈拉威人，他们苦苦血战的独立，已成泡影，Aaiún 所有撒哈拉威人完全失业，军人（西班牙军内也有撒哈拉威人）解散，他们成了无国籍的一批可怜虫，现在他们恨死西班牙人。

我们好友罕地，三十二年跟西班牙军，现解散，完全不理，失去西班牙籍，Aaiún 在军队重兵保护下，西班牙平民撤入军营同食同住，撒哈拉威人住的区完全在坦克严密监视中，他们是被西班牙人出卖了。西班牙人没有为他们的死活做打算，现无水，无食物，孩子要饿死了，红十字会已开去救济。我虽然痛恨撒哈拉威人，但是他们将来临的命运是可怜可悯的，是二十世纪的犹太人，无国籍的七万五千人。荷西临去送给罕地八千西币，罕地流泪不语，已收下，他有九个孩子，如今吃什么？吃沙土，完完全全无食物。

再说荷西的职业，我们大约再做两个月便失业，但西班牙可能留下磷矿与摩洛哥合开，也可能放弃（用摩洛哥的海权交换给西国打鱼），但是公司说，我们可再分配国内工作，也可拿钱走路，如留下去，薪水加百分之百（因撒哈拉威人有游击队，要杀死所有西班牙人。有道理，西班牙利用了他们），好在荷西有一个月的假（我们留下的），先住一个月再去做，等公司分派将来工作。

我的“沙漠学校”在我等机的空当，尚回家给一个女生上了“最后的一课”，她流泪握住我的手（姑卡），我们相对无语，机场已成地狱，那是十天之前，现在的 Aaiún 更是难以想象，我今天听荷西说撒哈拉威人的情形，我流泪吃不下盘中的牛排，撒哈拉是第二个越南，西班牙人出卖了他们。

我要写一个中篇约十万字，“撒哈拉最后的探戈”（探戈是一种舞蹈），这是三毛眼见的血泪史。另外我要写“最后的一课”和“大逃亡”（荷西）。

可怜的是，我好友 Paloma 的丈夫 Jauies（万事通）明日尚得回沙漠（为了工作），他们全家人哭成一团，但他们无一文积蓄，只有去，又有孩子，要去赚钱。我借给 Paloma 的钱算做十日的住宿费，坚持不要她还，萍水相逢，收容我十日，已是义薄云天，我们现在是近邻，也好彼此分担忧苦。今日晚饭是 Paloma 送来。

我们已打长途电话给公婆，婆婆终日啼哭不已，现已会笑，下星期姐夫来住三日（他是旅行社的社长）。

荷西在分别后，寄给我几封信，我一封也未收到，因西班牙封锁消息，只说摩洛哥不再入侵，没有说密约，但 Aaiún 人自是完全知道，所以信件完全封锁，交通军方有，平民已断，妇女尚有未走，全在军营中吃住等机等船。Iberia 航空公司说因为有狂风，不再飞 Aaiún，荷西能逃出来，是他的机智，我们只有原子笔掉了一支，所以用红笔写。

爹爹，姆妈，我们平安、健康、幸福，居所美丽，这都是荷西所赐，我感谢上帝给我如此的好丈夫。

姐姐一同看信，我不再写，小鸟“芸芸”也出来了，很高兴，在睡觉（鸟食也带出来），都是荷西一人弄的，他人很瘦很瘦，要好好休息。

再说，荷西在沙漠出大车祸，对方死了，他完全没事，是死了的那方错。

荷西十二月再去沙漠，我们十一月薪水尚未领，已托好友代领（最最好友，好男孩，我有妹妹一定嫁此年轻人），他周末出来带钱给我们。在外朋友就是财富，现在苦难才见真情，人间温暖不会消失。

此地静得没有邮差，小分局邮局每日开半小时，自去取信，你们有事打电报来可送到我们家，没有电话（不需要），海边在十分钟下坡路，空旷无一人迹。

我们住的四周，是瑞典人、荷兰人、法国人、英国人，对面是一小小超级市场，有煤气，每日牛奶、面包送来门口，一星期结账一次。在此“芳邻”是鸡犬相闻，老死不相往来，但在区内，人人见面道“早安、午安、晚安”，不必交谈，谈不通也。我住友人家十日，全家出去了，门就大大地开着，但邻居不来往，有教养而亲切，跟西班牙风格大不相同，荷西也喜欢，我也喜欢。附近有一小镇，镇上全部西班牙人，人和气得像在天堂上，太和气太和气了，是糖做的一群老百姓，太好太好太和平的人了。

爹爹眼睛不好，要不然我还多写，将来寄照片给你们看美丽的新家。我们很幸福，前途不知，荷西饿不死，要饿死他恐怕很难，他手很巧，什么都会做，不愁！

妹妹上

三毛在加纳利岛上的房屋小院。

三毛作品中多次提到的“可以望见大海的大玻璃窗”。

西班牙的家中一角。

请放心

一九七五年十二月五日

爹爹，姆妈：

荷西去上班四日，又回来了。

他的公司在十二月十五日停工，转交给摩洛哥国营公司保证的工作，是一个骗局，过去大家都要罢工，公司就发通知保证每一个人将来都转派工作（是国营的公司），现在高级职员，有人情的职员，全都有工作，但是所有百分之八十的人失业，劳工部长保证的事，是放屁，现在没有工作，没有遣散费（一个月底薪约两万台币），没有发旅费回来，没有一切政府一再保证承诺的事项，当我们是狗一样的一脚踢开，我们没有工会，要告政府只有自己请律师告（我们有劳工部长签字的印刷信，保证工作），现在我们很镇静，开销马上省下来，不可再花一分一文不当的钱。然后我们要跟马德里一群专门替工人打官司的律师去商量，看看是否有补救之道（这群律师不收钱，等案子了了，才收一点点，以前荷西案子，完完全全不收钱，是一群年轻人）。

我们是西班牙跟摩洛哥交易下的牺牲品，西班牙出卖了撒哈拉人，也出卖了自己三千劳工，西班牙的政府在烂掉，法兰哥的家族成了千万富翁，全西最大的百货公司、市场、房地产都是他女儿的，最大的医院是他女婿的，他的太太、女儿、孙女，穿孝穿黑色貂皮大衣算穿孝，我们吃沙吃灰在沙漠苦，现在一脚踢开，遣散费等于是狗屎，付两个月房租正好，生活那么高，三万块西币正好是三千包一公升的鲜牛奶价，现在摩洛哥人在沙漠屠杀六十岁以下的撒哈拉威人，年轻人全部逃亡阿尔及利亚加入“人民解放游击队”。西班牙人有许多跟了去，我不拉住荷西，他也要去（他如去，我跟去打游击），这次的事件，我看出西班牙的腐败，我们没有失业保险（德国有），没有救济金（工作三年满每月付四千台币，我们不满三年），我不是共产党，但是不要太逼人，人逼急了，不过是死路一条，我是一个分析明白的人，对政治不感兴趣，但正义在哪里？天理又在哪里？我们的前途政府没有管，叫我们去死吗？

现在另有一个机会，荷西希望替摩洛哥工作，等矿公司一移交，我们留下来替新工作做事，但是更无保证，是外国公司要请你走路便走。

现在公司薪水十二月不发，他们说“放假”半个月，以后再看。我们有房款可用，你们不要急，二月再说，我们如付不出房款，可以登报卖，如一时卖不掉，可打官司。打官司期内，每月付八千西币仍算我们的，直到法院宣判，所以也不是什么好急的事情。

爹爹眼睛不好，为了我们，牺牲了一辈子，请你们不要再背我们的十字架，我们尚年轻，长长的人生可以受一点风浪，不要管我们了。荷西是很能干的人，我可回来出书，都是出路。荷西是个有为的青年，我们不会太潦倒，请千万放心，他要上船去做海员，我不赞成，全西班牙只有二十八个如他文凭的潜水人员，难道这一道一关的考试都是废纸吗？（是废纸，如是法兰哥的孩子，不必学写字也可一生做花花公子。）

现在唯一的机会是跟摩洛哥签新合同，但是如果付太少（会付很少很少），也划不来做，我们很镇静，请放心，放心。

亲爱的双亲，你们不要天天东想西想，请放开我们，给我们自己来，我们不能再收你们的钱，如果房子付不出，可以卖掉，还是有出路，不是太坏的事，你们不要再焦急，不要担心，过一阵子马上会好转的。总之你们不要再背十字架了，我知道我们台湾房子卖不掉，租不出，爹爹眼睛不好，我们自己家也很困难，不能再管子女，我们已成年太久，难道还不能自立吗？

妹妹上

那个大胡子

一九七六年二月二十五日

爹爹，姆妈：

前天收到包裹，我回来打开看了，才知什么叫蜂皇精，以前只听过。昨天早晨服一针，今日又服一针（因没有疲倦感），睡得非常好，目前还不觉得有什么反应，也不见强，但我想十天以后一定会胖起来。今日渔业专员梁先生开车来看我，进门便问我，为什么说谎话，我被他弄得莫名其妙，问清楚了才知是夏教授元瑜发表了我的信，信中我曾提起，我不太与渔船船员来往，因为他们不赞成我嫁外国人。我实在记不得自己信里胡说八道了什么，但是我也许有讲，这也不是什么大不了的叛国罪，值得今天看到报纸便来问我何故如此写，我老实告诉他，在码头上，中国渔船员的确骂我“婊子”（用中文骂我，因与荷西在一起走），结果我轻轻将话带过，这种小事，不值争辩，我的心胸器量都不是个傻瓜，我才不去计较他。他又说，非洲有四宝，一宝二宝三宝全讲了，又哈哈大笑，说还有一个宝就是“三毛”，语气嘲讽不堪，又笑我——你只值三毛钱，看一看你，只要付三毛钱入场券（因为此地许多华侨要看我），我久不习惯这种语气，因为我们的朋友，都是尊重他人，诚恳坦白的人，我所以不知如何回答他的嘲笑。写作何罪？做三毛何罪？为什么人人都喜欢我，偏偏有同胞不喜欢我？为什么我在中国人里吃不开？为什么？为什么？不再问了，这是我很清楚的事。我尚未收到报纸，明后日收到了再看我这么写，犯了什么死罪。

最奇怪的是，他和另外两个人来时，尚有我一西籍女友在家同坐，她看那人用中文高声大气问我，吓得马上走了，我真对不起这位太太，梁先生走了，我又赶快开车去她家道歉。外国人，最讲礼貌，不在他人面前高声讲话，而我也给梁先生吓一大跳，原来是这么一回小事情。

我以前会被弄得气得哭，现在不气，只是好笑这些人，马德里腰痛那一大阵，也是如此这般，人，真奇怪，做了官，就以为老百姓都是狗屎，所以我不做官，也做不到，因为没有官架子也！

爹爹，蜂皇精是那么贵的东西，如何寄给我，你们自己不吃？我身体无大病了，血止了，咳停了，颈子扭好了，现在脚扭伤已可开车（因为跌倒当时马上有西班牙老太太脱靴替我扭回，又马上上绷带，夜间荷西与姐夫也用力替我擦，又用热水泡，这一次恢复得很快，已开车），所以我无大病，你们不要担心，吃得也很好，包裹中附来中央日报，说维他命A的重要，我昨日吃两大根生的红萝卜，现在再去吃一大根，每日有鸡汤吃。水果也有吃橘子、苹果（不贵，三十元一公斤）。

房子卖的事情，尚在谈，周末我们再去打电话给马德里。荷西星期五回来。

沙漠边界打了起来，看情形也拖不长了，我们尚不知如何，反正有事做，不做有钱拿，不愁不愁。听说分派的工作都收入很差，不怕，我们有两三条路可走，不做也有三十万可领，一年失业不怕找不到事。听说失业政府尚借两百万给买房，我就不愁。

上个月写伤了，这个月一字不写，上月出了好几万字，我休息，勉强不出来。何况我现在朋友很多，说英文的瑞士女友，她先生回来了（在北非工作，是探矿工程师），今日也来看我，我们相处十分投合，不说别人长短，只说有趣的事情，这些人都是好邻居。我认识的人很多，来往的只有瑞士女友、她英国丈夫、西籍女友，也够热闹了，每二日见一见面。都没有是非，彼此的友情，是有建设性的，不是小心眼找人碴子的。荷西回来了，也去拜访他们。我们相处，每日大笑特笑，不生气，对健康心情有益。邻居小孩也来，他们总是用英文问我：

“你爹地怎么不在？”

我说：“我先生吧，什么爹地。”

他们问：“你几岁？”

我说：“我二十八岁。”

他们说：“唉！我们以为你十五岁，所以以为那个大胡子是你爸爸！”我大乐。爸爸不常回家，我也过得好极了。

中国人是好，那是老一代的。西方人，开朗，尊重他人的私生活，没有太多的利害关系，好相处。他们好佩服我呢！中文看不懂，但我每有报纸，都给他们看看。来了也不招待，一杯咖啡坐一个下午，没有客套，白学英语！

汗衫好极了，荷西回来一定喜欢，粉丝我尚未打开来吃，等老爷回来同吃，我一大锅鸡汤可吃一星期。另外吃面包，不太吃饭。

爹爹，姆妈，我的足踝已好，走路不痛，也可开车了，明日再服一针蜂皇精，人会胖，放心，一切都好，外公处请代问候。我一天平均写三封信，荷西不写信，我要代他写全家人的信，美国大姑、小姐姐都是我在联络，好在也不费事，不费心——邮费很贵，仍是值得。

另外我在翻译一本漫画书，每日译三五小格，也不是工作。我的植物，欣欣向荣，长得好美。

不要担心我，你们才要保重，希望早早见面，荷西说，卖了房子给我回家，我说：我们一同去。他舍不得钱，其实可以一同回娘家一个月荷西再回，我住久些。

爹爹，我身体好了，不必担心，我会去全身检查，不要愁，我去检查。

不多写了，我是顺手写来不费吹灰之力，爹爹姆妈眼睛吃不消。

妹妹上

钻戒我没有用

一九七六年三月二十六日

爹爹，姆妈：

今天是我的生日，我到昨天才知道，因为我去寄挂号信给《皇冠》五月份的稿子，才知已是三十三岁足了，对于年龄我并不在乎，因为人毕竟是要老的，如花开花落，都是自然的现象。回想三十三年来的岁月，有苦有乐，而今仍要走下去，倒已是有点意兴阑珊了。我的半生，到现在，已十分满足，金钱、爱情、名声、家庭都堪称幸福无缺，只缺健康的身体，但是，我也无遗憾，如果今后早死，于己于人都该贴红挂彩，庆祝这样的人生美满结束，我的心里毫无悲伤，只有快乐。自从去年大哥死去之后，我细想了一下，死的人去了，是安息了，是永恒了，生着的人，不应该悲痛，要有坦然的心胸去接受人生的现象，这也是我近来身体极不好之下，想到你们，而要劝告你们的话，人生的长短和价值，都是一样，一旦进入死亡，那就是永远地活下去，没有什么好悲痛的，请你们一定要明白这个道理。

荷西仍未回来，卖房、找事之外尚得向银行借钱，都不可能十天半月弄好，他亦有信来。

外公身体好吗？你们又如何？我有点发烧，开刀二次，疮结了又生，开了又结，又生，子宫流血又来，下月十日刮子宫，肝病也在吃药打针，我是私人医生在看，我撑得住，千万不要为我做无用的焦急。

钻戒我没有用，于我身分也不配，姆妈留着，回来住家中，因荷西不来（太贵了），等一切安置妥，我就回台湾，千万放心我。

宝宝如何？小妹们好吗？我回来买漂亮衣服给她们。不多写了。祝

好

妹妹上

对着大海　清风徐来

一九七六年八月十日

爹爹，姆妈：

现在的生活安静朴素极了，每天穿一件比基尼游泳装随处可去，衣服实在用不着，今日我打扮了一下，不过是一件牛仔裤衣，已算很好了，荷西平日亦是短裤赤膊，此地住家人人如此，非常省衣服钱。

我们又看到一幢房子，是一老先生死了，他太太想卖，也是一百五十万台币，我现在杀她价一百万台币，看她肯不肯（也许肯），这个岛上我们都去找了，其他地方即使院大也无处可去（荒秃秃泥巴山），这儿有海湾，有极好的环境可以外出散步，所以我选来选去还是现在住的地方。这儿对老人、年轻人、小孩都有好处，空气又好，现在这家如肯卖，我们马上买下（一大厅、四人房、两浴、一厨、有车房、院子），要等介绍人去丹麦问消息。我很喜欢这小房，对着大海，但不吵，因在远坡上，没有花树，光秃秃的一片，请爹爹、姆妈等我们买下房子了来住，你们肯来，将来车也换大的。

今日去问失业保险，可领两年，我们方领四个月（每月一万六台币），所以我们不急，有很好的事才去做，如不太好，所赚差不多失业金，将来失业了还没有现在领的多，所以一定要小心找事。一万六一月对我来说是必须十分省了，房租一百，荷西学英文五十，汽油六十元，大约是二百十元美金，只有一百九十美元可吃饭杂用，所以不能看电影、穿衣、吃牛排……但这儿生活环境非常好，我很满足，吃穿都是次要，现在我就在院子里写字，对着大海，清风徐来，比花莲亚士都饭店好一百倍。以前我用大约七百美金一月，常常上馆子。

希望过几年爹爹姆妈同来过过这里的安静日子，只怕你们会寂寞，你们来了，爹爹管花园，姆妈管厨房，这样不会无事做。

妹妹上

飞碟常常来

一九七六年十月二十日

爹爹，姆妈：

首先报告你们好消息，荷西有工作了，今日送他去机场，已去上工，如果一切没有变化，那么今日开始上工，在另外一个岛上，做海底电缆的装配，有五万四千一个月，就是九百美金一月。这个岛很荒凉，在我们 Las Palmas 岛的上方，他去的地方更荒凉，所以我留下来，他独自去，以后每星期回来（机票吃住自理），如果两地开销，再加上机票，可存无几，但一个人总是要工作才好，不然心情上是不健康的，待遇不比沙漠好，但亦够用了，足够用了，这个工作到明年五月，所以我们放弃了保险金，因是替一很大的潜水公司做，这一做下去，以后可能又有路线进下一工程去做，我非常满意。

家中尚未整理完，墙还是水泥的，但卧室已好，厨房已好，客厅不必急，我累得很，已无法再做，一切都乱丢着，墙不好无法再做，等荷西回来再漆吧！这几日因搬家流汗，又同时吹风，所以感冒了，每日躺着看看书，有发烧，家中理不清，因荷西一动工，就是泥巴水泥灰尘，我亦不去做了，实在做不动了，他走了，我倒是习惯，因为以前他亦有半年不在家住。

爹爹，姆妈，买林伯伯的房子，如何说是向我借款，我尚欠爹爹好多钱，书钱放着做什么，自是拿去用，本是要还，但不好说，所以说给爹爹、姆妈过生日去用，我们此地邮局罢工，所以信好慢才到。

我这几日看报，有几篇消息看了令我心中十分不安，爹爹姆妈是否要在外买些不动产，因为退休了后总要来看看我们，在外有些房子亦是很好，爹爹说我们这儿贵，我告诉爹爹，在德国、瑞典、瑞士、法国，比这儿更贵两三倍，所以我们这儿有外国人成群地来度假，而且，你们来了，我们要一起去玩，不会长住在这小岛。"飞碟"常常来这个岛，也常常去撒哈拉沙漠，报上说的那一次是发生不久，常常来，而且剪报上那次出现后，连附近的羊都死了，骆驼、马都死了，用刀劈开来看如何死的，发觉血都没有了，被吸去，这是千真万确的事情。以前加纳利群岛是"大西洋洲"的一部分（连接非洲与南美洲），后来陆沉了大西洋洲，只留下几个小顶点，成了加纳利群岛。飞碟常常来，可惜我未看过，还有一个几千公尺的大洞，有地道，都不是天然的，人传说，史前时代飞碟来过，做基地，我亦去看过。

我们这儿住着，几天不见人迹，现在已申请电话，但要等很久（半年以上）才会装，好在我有车，可以出出进进，平日很累，这个家，如果要全扫，要四五小时（花园尚未开工种花之类）。我是不扫，一星期才动一次，现荷西去外岛，邻近男孩子每天晚上来看我一次，我贴邻住是一个老头子，他不理我们，我们亦不理他（比利时人）。其他附近都是空房，要等天再冷了，北欧人才来住，危险是没有，有偷东西，但治安十分不错了，抢案完全没有，住着很安全，越是文明的人，越不来往，我很喜欢如此，万一有事，我还是有旧邻会帮忙。

房子已全好，只差涂涂粉，荷西要里外都粉刷，就是大工程了，总得再一两个月才会好，他是什么都做的，这一点像小弟陈令，不必我费心，今日去，衣物自己理理，就走了，他何时去买的机票我都不知亦不管他。

海内已不能去游泳，太冷，我很咳，不去了。

衣服我看荷西不在，都将偷送出去洗，明日送一大包去洗，根本不贵嘛！（洗衣坊，不是现代洗衣店）才二十台币一公斤，送十公斤去也不过二百元，荷西不让送，他要自己洗省钱。但我不能弯腰，我不洗，荷西周末回来休息亦不要再洗了，因房子尚要里外全漆。

这房子如此一修，已可涨价二十万，不贵不贵！

家中一切保重，我们都好，请你们自己保重，小妹妹尚要阿斯匹灵吗？

我们的家是磨石子的，要铺地毯。祝

好！

妹妹上

无法报答

一九七七年二月十七日

爹爹，姆妈：

旅行七日，见到世界奇观美景，恨不能与父母兄弟同游，每看一样好的，吃一样好的，无不想到父母家人。这真是人间憾事，“父母在，不远游”的道理，真正明白已是太晚了。

昨夜深夜三时回来，今早去邮局拿回包裹，内容丰富极了，令人不忍马上就食，香肠已挂在车房，桂圆汤已煮食，腊肉切了一小块中午炒葱，今夜小年夜，将吃稀饭配肉松，我们十二分地高兴，荷西已将“蜜果”（?）吃光，这一包裹省去我们半月菜钱，父母的爱，真是无法报答，我很想家，很想回来。小木马是否小孩子送我的？谢谢！太好了。

我昨日在船上发高烧到三十九度，坐甲板舱，后撑不住，便加钱要了一房间，睡到 Las Palmas，坐船很晕，吃药无大用，旅行事以后再说，去七日，船费（四次）四千台币，用三千（住帐篷，民家，买着蛋菜吃，不上馆子），太累太累了。

荷西找事已找去全世界油井（Alaska、南美、非洲、挪威），但希望不大。如再无事，我们回来一年教教书，与父母同住，也是一乐。

房子事荷西不赞成，他怕我们此地住不久，买了房，又不能走了，我仍想买，仍看，如太好，仍买。

荷西贺新年

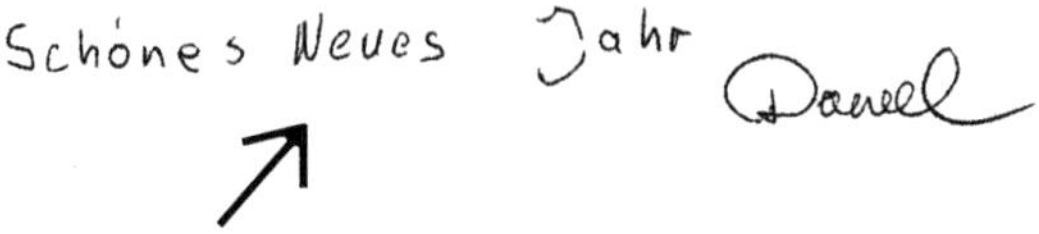

邻居瑞士小孩 Daniel 贺新年

人是无常的

一九七七年四月三日

爹爹，姆妈：

你们一定已经听说了丹娜丽芙机场的大惨案，这件事说来也奇怪，德国有一青年人早已预言三月二十七日在那儿有飞机相撞，结果真的相撞，所以我相信这是“命运”不是“巧合”。每个人的归宿都已有定数，是难逃的。

今日我一瑞士好友，早晨好好地去南部海边游泳，约我同去，我因有油漆匠约好来漆房子，所以未同去，而好友还有 Nicoles 与他儿子 Daniel 还有一个瑞士人同去，我早晨尚见他们，与她说再见（才五十二岁，极健康）。下午六点多，Nicoles 回来，告我 Ida 已死，游泳完了上岸走几步，倒地不起，红十字会马上担了在沙上跑，跑了二十分钟才坐车，送院已死于心脏病（一向无病）。这消息令我大吃一惊，尖叫起来，一夜在外散步，无法安下心来，她去年来此地，买下房子，第一个认识的就是我，房子合同还是荷西替她弄的，现在房契未下来，人已死了，死后无亲无友、无子女，无一个人可以报丧，我们已找领事馆，下周送回瑞士下葬。

她这次由瑞士才来一星期（来来去去，两地住），数次来看我，说下周便回瑞士，而今是睡了回去，令人叹息。

爹爹，姆妈，所以我们一定要有心理预备，人，是无常的，一定要预备好，有一天，我们也会分离，万一有此一日来临，不可悲伤，生离死别是人之常情，要有庄子妻死，而鼓盆唱歌的哲学来迎接这件事情，这一年在海边，看见太多人死，我已能够接受，只是一想到家人，便悲伤难禁，所以大家都要预备好，免得有一日来了受不了，一定要彼此记住。

我的腰痛已慢慢在好转，但今生不可再坐软沙发，只能坐地下，或硬椅子，总之仍在看医生。

这一星期来，此地机场被放炸弹，房价一落千丈，加纳利群岛要独立已不是一日，现在变本加厉，我本想再买地，现已不买，因为情势不太好，今日机场又一炸弹。

现在已又开始《玛法达》最后十九、二十集，请告诉我十七、十八集收到了吗？我早已寄出了，这几日听说你们要去旅行，我又有点担心，希望常常来短信，只报平安便可，不必多写，以免我挂念。

荷西去了一月，只收到过一次信（两封），那儿的邮政太差，他另一朋友太太生产，打三封电报去，也无回音，实是奇怪。不过知道他是安好的。

我本来不想请公公婆婆来，但今日又想，如果不请他们来，万一公公死了，荷西终生怪我，所以想请他们来，要寄路费去。另外干爹徐訏五月要来西国，我在三千公里外，但他不明白，我一再地讲，他仍要见我，我再讲，他仍要见我，所以为了不翻脸，只有五月去西班牙陪他，真是苦。公婆来要五百美金，我为徐訏，又得五六百美金，这月漆房子，又是三百美金，看医照X光已用好多，下周车又要大修，何苦来，这世界。

请寄一千五百台币给桂文亚，她要生产了，我要送她钱，她对我太好，不断送东西，不断来信，又常常送我礼，所以请寄一千五给她。

谢谢爹爹，姆妈！请扣账内！

不多写了，我的游记已寄出半日，不知《联合报》收到没有？我常给王惕吾伯伯写信，今日又接两百美金津贴，已去谢（下周买一大娃娃寄去给他们家做装饰）。

请多来信，短短几字，告我家中各人如何便是，外公好吗？毛毛有否收到我信？不必回，叫他用功。祝

平安健康

妹妹上

又是一种不同的人生

一九七七年四月

爹爹，姆妈：

如果一切计画没有改变，我将于五月一日飞赴 Nigeria，在这之前，先得去马德里弄签证，今日荷西托人带来机票、钱和信，我一看，机票弄错了（开成由N国到西国，当相反），我明日清晨便去换，因为我们要将尼国的钱尽量在那儿用掉，免得将来不可出口，现在我马上要去打防疫针（三种）、银行租保险箱（珠宝存入，外币及房契也存入）、申请户籍（设籍在加纳利岛，去马德里可打百分之二十五机票折扣）、买赴马德里机票（一日来回，清早去，拿到 visa，下午回来），另外尚得买许多荷西所要的东西，忙碌不堪。开车我是开入大城，停在车场，再坐短程计程车，这样神经不太紧张，我们这儿车子也是很挤很多。

家中门窗关好，皮大衣交邻居管，电视留下，要被偷也罢了，不过七百美金。

今日朋友由 Nigeria 回来，说荷西一日工作十五小时以上，深夜尚在爆炸海底，公司对他很坏，星期日也不给休息，清早五点赴工作，夜间十点尚无法回家，吃得越来越不好，黑人不爱工作，我想荷西太老实，一天工作八小时对肺已是太坏太伤，如何能一直在水中，这样要废掉了，我去了会与公司交涉（德国老板），这个薪水不高，不是卖命，同时我自己想去做他们三个工人的厨娘，他们正在找厨子做饭，我去做，也要领薪（好在不过三个人吃），荷西脾气坏，其实脸皮薄，没有原则，任人欺负，我去了会不同些。这个混蛋德国人太欺负他，如不加薪，不减工作时间，我们便走。（一日工作两小时在水里，已是太多，水中压力不相同，肺要炸掉的，血管内会进空气，太危险。）真是混账，荷西去年一年无工作，什么也忍下来了，我去了会好好讲，叫老板改时间。

六月我们有二十天假，便去英国一周，再回家来住十天，再看将来如何，因我现在去，是与荷西、他同事、老板、老板太太同住一大宿舍，这个要解决，一人一幢房不可混住，老板太太天天给吃三明治，工作十五小时回来，尚吃三明治，不是气疯了。

同时也请爹爹替我们在中国找事，如有三万台币一月（现赚九万一月），我们便回来。荷西已可讲英文（很坏，没有句子），同时我又替他在象牙海岸找事，是法国公司，待遇一样，可是环境较好。在尼日利亚，一幢房子租一年是一百五十万台币（一月不租）；交通如同疯子，左右不分，车辆乱行，人在街上大小便，从我们家到敦化南路的距离，要开两小时（全缠在一起）；警察拿鞭子在街上打人，人还是乱走；一条裤子要合四五千台币，尚是尼龙的，不是棉的，是个疯狂的国家。垃圾堆成一人高，无车来清理，黄热病，打摆子一塌糊涂（我每日便要服“奎宁丸”），这样的地方尚叫国家，黑人走路如蜗牛，不做事，走十步路要十分钟，荷西一下水，助手黑人就睡觉，不看守水下的他要什么，总之是个疯狂世界，二千二百美金所付代价太大，划不来。

我不去也是不行了，荷西一走，此地男人都来找我，满镇风雨，社区内大家讲来讲去，都是说我有男人。此地北欧女人都与人同居（丈夫在非洲），我实是被这些流言弄得十分苦恼。现在参加俱乐部，每日做体操、游泳（全是女的），但也不长，因我要走了。

我的一生，多彩多姿，感谢父母给我生命，虽然今生不能如树芬做少奶奶（她其实也不苦，只是在加拿大没有香港一样而已），但我所活一生，胜于别人十倍百倍，对于去 Nigeria，我十分兴奋，又是一种不同的人生，何其幸福。

我下周一赴马德里，但只去签证，再看 Marisa，便回 Las Palmas 来，休息四五天，便由此地上机，经非洲塞内加尔首都 Dakar 再转赴 Nigeria 首都 Lagos。Lagos 是几内亚湾内最大的港口，港内一船下货要等半年以上（太挤），有一百多条船在外海等，五十多条在港内等，夜间海盗便来上船偷货，都是有趣。

虚线便是我下周要飞上飞下的行程。

我现在尽量休息，预备长程飞行。（马德里来回六小时飞机，赴 Lagos 要八九小时飞机，共要十五六小时。）去了荷西不能来接（工作），我便去找一位 Duru 博士的家（尼国人，也是老板之一），荷西仔细，坐计程车钱已交人带来，一切无问题，我是旅行老手，不会出错，万一飞机出事，亦是命中注定，不必悲伤，人生聚散都是容易，要有大智慧来接受，我对你们，亦有心理预备，所以我们全家都是坚强的人，要有老庄哲学的想法，大而化之，才是天下第一人，我很爱你们和兄弟姐姐，也爱荷西，他是好丈夫。

妹妹

P. S. 春霞衣服十分美丽，今日收到，正穿身上，谢谢盛情，以后不可再寄。药尚未收到。

是你的　跑不掉

一九八六年三月六日

爹爹，姆妈：

听说姐姐病了，非常挂念。她这次是伤脑筋伤出来的，可见人脑不可多用。我去年的病，和一年出三本书以及写那张唱片有很大的关系，也是用脑太多，拼命吃安眠药才弄出。我现在有一种哲学，就是对于世上的一切都很淡然：是你的，跑不掉，不是你的，求不来。所以对一切都放开了。

这次搬家来，忙了三日，大概一天做十二小时以上的工，现在三天下来，家中也布置好了楼下，至于楼上，反正只是去睡觉的，所以有床就好，不必费心。吃饭是每天晚上到外面去吃中国饭，大约二十块美金是两菜一汤。我们一天吃一顿。

这个家有两个客厅，一个餐厅，一个电视间，一个大厨房，三间洗手间，四个睡房，楼下三个衣柜，楼上四个衣柜，一个地下室，一个车房顶的阁楼以及一个洗衣机房间，很舒服，有暖气，也有火炉，可以生柴火烧。

当然，最美的是花园。

前院约有一英亩，全是平平的绿草，后院三分之一是玫瑰花园，另外一大半是野草和大树。散步时，前院是散“文明步”，后院有若荒野地，也非常好玩，是“野外步”。不必出去，在家中走走就很有趣了。这真是一个梦中的家，室内布置如画，艺术气氛浓，且有气派，院子等于公园，照片中拍不出来前院的宽阔，下次我拍了寄来。

由新家上学要开“高速公路”大约是三十分钟，沿途景色如画，有牧草、森林、马、湖泊，交通流量在上课时间不挤。这幢房子，以我在美国由加州看过来，大约看了八十家到一百家的房子，这幢最好。原屋主是一对奥国和英国夫妇，他们觉得上班太远，院子工作太多，想搬去近西雅图的地方，后来卖掉了，又很伤感。我觉得这种事情都是命运。

爹爹，姆妈，我的签证是七月三日到期，我看错了，如果你们六月来（六月十五日左右），可以享受一下此地的安静，如不怕累，我们去三日波士顿，便回来。

下学期又要来了，我又加选一堂课，又选了更深的英文班，一星期有三天在校，会比较忙。不过同学之间相处特好，有两个以色列来的犹太家庭，年龄和我差不多，水准非常高，太太们和我同班，都请我去家中吃饭，我不能请她们，因不是我的家。请寄两本《送你一匹马》来好吗？因我的朋友想要留做纪念。

请姐姐保重身体，我的身体现在很好，胖到一百二十磅，大概是五十五公斤，一天吃一顿。姐姐不要教太多课了，身体也要紧。很想念天明、天白，好在六月回来就可以看见她们了。如果天明、天白来此，可以在院中跑来跑去，有松鼠，我刚刚出去喂它们，有一只来吃。下次再写。

妹妹上

淡然处之

一九八六年四月二日

爹爹，姆妈：

听见爹爹又去跳伞和坐滑车，我觉得旅行真是有很大的益处，无论在生理上，在健康上，都是很好的。再过两年，爹爹退休，可以与姆妈常常旅行，但不是跟团体，而是，例如说，来美国 Washington 州小居三五月，每星期上两天课，买买菜，逛逛百货公司，吃吃小饭馆，住厌了，便回台湾。房子可以租，一个月不过是三四百元可有公寓。这儿，无论在气候、人情、方便和亲切有礼上，都是全世界少有的，过去我恨恶美国，都因为去的地方不对，这一回，包括在此的中国人，我都喜欢。

学校又开学了，我每天去学校，每天去，虽然一星期只有三天课，可是我每周去五次。学校是我极大的快乐，前半月因为放假，我闷得很，但是一开学，立即好了。如果在我十三岁时，有这位美国老师来教导我，相信我的一生将会改写。我的老师是一位极有爱心的女人，我实在从心中感谢她。

在这里，我学会了人生一个很大的功课，是我以前再也学不来的，就是“漠然”。对于一切占我小便宜、讽刺我、不理我、任性对待我的种种精神虐待，我都漠然或说淡然处之。但是我一定要去学校，下雪也去，下冰雹也去，下倾盆大雨也去，在学校，一切是好的，太好了。学校是一种释放，在那儿，被别人当成一个“人”一样地尊重，是太丰富了。

请姆妈寄《万水千山走遍》三本来给我好吗？如能又寄三本《送你一匹马》来更好。因朋友一再索求。邮费很贵，由我账内扣。爹爹在我处存款有利息，也未算过。书请航空寄来好吗？我五月底回台。脑药在服，请放心。很想念天明、天白。

妹妹上

致友人

Nancy 书馆

一九八六年九月二十五日

亲爱的张伯伯，伯母，南施，小强[1]：

回到台湾来已经快十二天了，这一次回来，特别想念你们全家，南燕想必已赴学校，我会另有信给她寄去 Barcelona。

回到台湾，记者问我的事情里就有一个问题是："书怎么了？"我说："送给一个极爱看书的中国女孩，将来在加纳利群岛的中国人可以向她去借，也算我留下的爱和情感，给我的同胞。"《皇冠》杂志就说："那不就是三毛图书馆了吗？"我笑说是"Nancy 书馆"。也因为如此，将来我替南施补书，我后几年写的书会航空寄给她，将全套的补全。这几日看《传记文学》想到小强爱史，我是爱野史，我想去订一年的《传记文学》给小强。

回来之后大概有五百封信在等着，爸爸怕我看了得神经病（他都拆好，整理好，用大夹子夹好信，成为一本一本的给我），结果我昨夜看到天亮，果然一切的压力都回来了，负担很重。杂

---

① 即张南施一家，三毛和荷西在加纳利群岛生活时的朋友。

志社立即要稿，我很急，因为人累，一时也写不出来。

这一回去 Las Palmas 受到您们全家如此的关爱和帮助，内心非常感激又难过，您们预先借钱给我去换美金，又帮忙托人带书（已经收到了），这一切的友情，是终生不能报答的。

目前我已在看车，台湾的车又贵又不好看，南施那种此地没有卖，Slat 有，可是很贵，我想买一辆国产小车。如果明年 Nancy 来，我会很高兴，如小强来，那更高兴，那时我也有车了，我们可以出去玩。

张伯伯，那一大包“鱼翅”我们也舍不得吃，也舍不得送人，妈妈收起来了，这么贵重的礼物我们不知如何处置。特地在此再谢一次。台湾又有一个台风来过，可是灾害不大。

很想念，请等我的几本新书，不日以航空寄上。

请特别问候“南京”的吴武官叔叔，还有晓秋和小红。

谢谢！ Nancy 不必回信，除非有时间。

三毛敬上

再见了　快快再见

一九八六年十一月八日

亲爱的张伯伯，妈妈，南施，小强：

收到南施的来信以及小强精工画出来的图画，我们全家都非常高兴。小强的一笔字和图，我爸爸称赞了好多好多遍，说是一个极有才华的青年。照片是我们的纪念，我会好好保存。南燕那边我暂时不去信，如果她打电话回家，请千万告诉她，我很想念她。南燕精灵，她在台北时买的衣服，那种价格我根本找不到，是个聪明极了的孩子。在台北，我一回台，就在机场被记者碰到，给我上了一个头条新闻，真叫人气死了。从那个时候起，大概有几十个学校叫我去演讲，再怎么推，都因为其中有人情的关系，一共接了二十六场（在十一月和十二月之内），然后又被人逼稿，每月三万字左右。我开始还可以撑，到了昨天，心中那种想哭想自杀的念头又来了，妈妈爸爸看我情绪很坏，立即叫我去服去年精神崩溃时吃的“抗忧郁”的药，我不知如此日日夜夜忙下去，是不是又会发神经病，昨天深夜在写稿之前，一个人偷偷地哭了又哭，稿子就没能写得好。稿子都是白天忙，晚上熬夜写，当然没法有好成绩，我好胜心强，写不好又是不痛快，这么再逼下去，大概不到两个月就要完了。车子也没有买，因为没有时间出去玩，我除了演讲之外，就是在自己家中写作，什么地方都没有时间去。预计明年六月以前要写两本书（二十万字）。想到如果南施来，而我在忙，我会急死，因为不能陪南施而我心里实在想跟她一同去玩玩。南施，你如果明年九月来呢？那时我也不忙了（出书后可以停笔一阵），我大概也买车了，我们可以放心去中南部走走，也算两个人都休假。而且那时夏装已在减价。南施，我当你和南燕一如自己妹妹一般，如你来了台湾，我一定想陪你的。《传记文学》我尚未去订，可是我想出一个方法，就是，每次我把看过的，就用航空寄上给小强，那样就又快又好。这前几期讲到“西安事变”的实情，非常好看，在我弟弟处，我叫他送来。

南施，如果你回台来，看见台北出了那么多本好书，一定急死了，我想我们可以买了用海运的运去，或请船公司带。我留给你的书不算好。三毛后期作品在你处都没有，我也没有，要向出版社去批来，我想还是给你补全一套比较好。等有了，我会航空寄上。我的家，如果你来了，一定要来住，因为太好玩了，可惜我自己都没去住，住在父母家，写作时才过去。

蕙蕙功课极忙，在我们回台后，两人只见过一次面，她是住校的，更加见不到，我会把照片给她。谢谢！

想到在岛上的悠闲日子，心里十分怀念，在这儿，人挤人，我根本不上街，台北的冬衣，一套也要百元美金以上，打折时就好了。

张伯伯，张妈妈，你们用这么多的爱心来对待我，帮助我，是我一生一世不能忘记的，希望在两三年内，我能再回西班牙去。带回来的鱼翅太名贵了，妈妈也不煮，都收起来了。发菜有吃，很好吃。

父母年纪大了，他们舍不得我再离家，我想，我跟他们分别了二十年，是一个很长的时间，现在也当回来孝顺他们。可是我的回台，并没有做到孝顺的事，光是每天的电话铃响，就把妈妈忙死(她会推掉别人的邀请，我自己不会)。爸爸是我拆信的秘书，读者来信都是爸爸处理，有时代回。天下父母心，都是一样的。我们小孩子讲孝顺，不过是陪在父母身边，并没有真的代做什么事情。

南施，请你一定要代我去谢吴武官伯伯，谢他的那顿饭和盛情。晓秋也要问候她。小红也是。

我能写封回信给你们，也是一种休息，心中是很快乐的。

希望在一九八九年，我回西班牙来，因为那一年我要去瑞士做“教母”，是我瑞士朋友要生小孩，叫我去做干妈。

不多写了，请不要回信，如果有空，请代我打一个电话。6×4××× 给 Juan 和 Migdalia (买我房子的人)，说我一个灯（纸灯）已替他们买好了，就是没有时间包装和去邮局。再替我问候他们。谢谢!

南施，台湾选举“我最爱的作家”我是第一名，你听了是不是替我高兴？再见了，快快再见。如果你们来信，我也会好高兴，只是知道你们也太忙了。祝

好

三毛敬上

我在台北忙得想大哭

一九八七年三月十六日

亲爱的南施，小强：

为了一条在Canarias附近消失了的船，最近会有一位小姐由台湾飞到Las Palmas来。这件事情因为我在Las Palmas住过，所以船员家属拼命来找我。这个要来的小姐因为父母都在船上，所以她坚持要去一趟Las Palmas。我跟她讲，去了也没有用，可是她不死心。在出于一种同胞爱的心理下，虽然我不认识她（她打电话给我），可是想到她单身一人，为了寻找父母，万里由台飞去那么远，人生地不熟，只有在没得你们同意之下给了你们饭店的地址。这是出于不得已，因为对方一直求我，并且保证我不会太打扰到你们全家。

写这封信的原因是想跟你们全家说，这位小姐我没见过，不知她的为人，只是电话中讲过好几次话。请不要因为我的关系，而特别招待她，因我也有一点快被她烦死了的感觉，只因她父母都在船上，即使被她烦，我也只有同情她，可是她也相当不怕麻烦人。我父母叫我特别写信来，说，如果那位小姐赴Las Palmas，张伯伯你们全家，最多替她预订一个旅馆，如她要求太多，张伯伯及张妈妈当知道如何应付，不必对她太招待，更不能迎到家中去住。再说一次，我不知她为人，也不知她姓什么，反正她每天三更半夜就会来电话。好在她此去只在西班牙留两星期，这其中有五天大约在Madrid。

本来死也不肯给电话，可是想到她的心情，便不忍心。这一点，请千万原谅。但南施、小强不可心软，因你们也太忙、太累了，能帮忙的事也有限。上次寄去几本书，不知收到没有。我在台北忙得想大哭。太忙了。很想念。请问候晓秋，吴叔叔，薛叔叔及爸爸，妈妈。

三毛上

没有回头路可以走

一九九〇年六月二十五日

亲爱的南施：

虽然我们不通信，可是在想念上是没有可能淡去的。南燕来时，我并不住在父母家中，也不是每周回家，平日也不向父母打电话，只到有一日回家了，母亲说起，我才叫了一声“糟了”。错过了。

先恭喜你做了母亲，我想小强和你都会喜欢女孩子，我自己也是喜欢女孩子。照片中的咪咪，才那么小，你已经在为她打扮（上有只蝴蝶，可怕！）想来做母亲的滋味不凡。南施，时光匆匆，每想起 Las Palmas 的时候，你们两姐妹和你们爸爸、妈妈的样子就会浮现在我眼前。有时候，我会变得呆呆的，呆呆的，觉得人生是一场梦，而我已在这极不可爱的城市住了快四年整了。南燕的想法跟我一样，我对于台北市，已经放弃了，起初还好，后来一点一点拒绝了它，现在的我住在一幢老公寓里面，不与人来往，父母家中也不大回来，有时间都在看书，看书，有时候在国外旅行。

前年、去年我常在 India、Nepal、Kashmir 一带。去年我开始回中国大陆。上个月方自新疆回来（去走丝路）。下个月我再去北京以后，转去青海，预计去三四个月，一个人走。

去年将肋骨摔断，插到肺里去，也开了肺，苦了半年左右不能好，一好，就去了丝路。在这儿，我也很少跟西班牙朋友来往，我去年住院时，一个西班牙朋友去看我，我们讲讲西班牙文，我就哭了，他说："不要哭了，好了还是回西班牙去吧，我们合租一个公寓生活也便宜些。"事实上，这些都已是梦话，南施，人，是没有回头路可以走的，我也很难再回西班牙去了。明年我想回 España 一次，当然去 Las Palmas，也许冬天再来了。

这么写信，对于西班牙的想念就更强了。我觉得，我们之间的相处，充满了感情和真诚，这种情感，在中国不是没有，也有的，可是整个社会风气，口气，却不是如此，而且人不真诚。

南施，我有好多的话想讲给你听，可是现在不惯写长信，又想，你有餐馆，有咪咪，有小强，有父母，忙也忙够了，看我的心事实在不必。在此地有一个好处，就是中国书，太好了，看不完。这几年来，我有一个美国男朋友，一个德国男朋友，都不在台湾，我也不肯去，他们每年来一次。对于重组家庭这件事情，其实我内心一直很向往，但是实在不爱的人，没办法去嫁，这两个就是不爱的朋友。这一年来，我将自己跟社会隔离得更严重了，朋友们也不大来往，我想，明年先去 Madrid 看看老朋友，再来 Las Palmas 看看老朋友，也许我会再活泼起来。

听我母亲说，吴叔叔（吴武官叔叔）来了台北，打电话来，我已在走“丝路”没有碰到。请一定代我说一声抱歉。

下个月我又将去大陆了。大西北是比江南不同的，将在冬天回来。

南施，小强，做父母是很辛苦的事情，但是这份喜悦也是很大的，恭喜恭喜！

请代向爸爸、妈妈、妹妹问候。

咪咪处，代我重重地咬她一口。小孩子一胖，我就想咬，好玩，好玩。（我还是觉得咪咪要减肥，太胖了。）

收信好快乐呀！

快恭喜我，我去编了一个电影剧，现在在大陆拍摄，已经快拍好了，是与香港导演“严浩”合作的。林青霞主演。

我现在一年有半年在中国大陆。

想念，写得乱七八糟。

你的三毛姐姐　Echo

荷西是亲人

一九八七年八月三十日

幼春[①]，《棋王》时收过你的花，二十日才在近处见到你的人，然后又是一束花。你当然知道我爱白花，因为那也是你喜欢的对不对？照片中的你和真人不同，真人更美，多了一种神韵，那是拍不出来的。见到你时，我很紧张。

那天上的课，如果分为“十讲”将会非常有条理而且更扎实。我的《红楼梦》是上课中最有心得的，只是不能写。讲，有一种语言的抑、扬、顿、挫，文字便不得。幼春，我很想问你，如果我来开一个不登报的“文艺讲学”会不会是一条新路？我上课上得非常好，而且上课者会有收获，这只是一个想法，你对我有什么建议？

那天你说起父亲的死，我吓了一跳，悄悄地观察你，可是那不是讲话的场合，而我也在母亲的病中受苦。我发现，人在痛苦和快乐的时候，都是最寂寞的，这种心情，没有法子分担，说也说不清，说出来，别人如何表情都不能减少苦痛。那天我没有安

① 即薛幼春（1957—　），台湾屏东人，画家。1987 年，三毛收到薛幼春的读者来信后给她打了电话，两人逐渐成为挚友。

慰你，因我有过这种经验，安慰根本没有用，只靠时间化解你的忧伤。在信中我也不安慰你，你知道我不是不关心，而是对你没有用。

西班牙男友已散了，其中因素很多，我想交往以后，我最最讨厌他的就是他对任何人都没有一丝一毫的爱心，他很自私很自私。当我母亲被宣布是第四期癌症时，我电话中对他说，他第一个反应就是生气，对我说："那你是不是就要少见我了，是不是？你什么时候可以把你妈妈忙完？"我以前对于他对人的没有同情心，一直不很喜欢，而且每次出去都是我付账，这不是金钱问题，而是不公平的问题，每次都是我付，他要请我一次便叫得惊天动地，而且立即提出另一步要求（想你已想得出来）。这一些又一些理由，使得我对他一次一次地灰心，直到母亲病了，他不但不关心，反而立即联想到他与我约会时间的减少。嗳，算了。这只是我单方面的决定，目前他在德国，并不知道，我也没有写信给他。荷西的迷人，在于他实在是个爱生命，爱人类，爱家庭又极慷慨的人。不能比较的，荷西是亲人，这男朋友，天天算计钱，天天跟我计较钱，我快累死了，每次坐计程车，都是他先下车，我付完账再下车去追他……幼春，同是西班牙人，云泥之别。我不要了，人真是相爱容易相处难。这位西班牙男友，把我的房子叫做"我们的房子"，又说，将来卖了可以去西班牙。我纠正他，那是"我的房子"，血汗钱存出来的，他冷笑，说我跟他区别。问题是，他不付任何代价，坐享其成，而我每次稿费，他就问我："多少？多少？"一讲讲了那么多，反正我不要了。

说来说去，我还是在想一件事情，就是你的爸爸和妈妈。我不知你妈妈现在心情如何，未亡人的心苦，只有过来人才知道，即使你如何去善待妈妈，也没有法子取代爸爸的位置。我的妈妈现在仍在医院里，她脾气比以前烦躁，有些变了，而且有时对我们儿女或父亲，都有些不体谅，她常常心烦。我一直忍耐，我爱她，我忍耐。妈妈不再是那个妈妈，我想，人在病中，是烦的。下周一切放射、开刀，都结束，只有回家静养。那时我要负全责，洗衣、煮饭，做妈妈吃的、爸爸吃的（他有糖尿病，很瘦）。每天买菜、打扫、接待来探望妈妈的病人……我会很忙，但也是心甘情愿的。妈妈得的是腺癌，并不是拿掉了便好，腺癌是全身乱跑的，我的压力，就在日日等待她再发，这种心理，很苦。

幼春，我近来写稿很少，你说如我开“文艺讲座”有没有收入？我无人可以商量，只有请你做参考。

写了些杂七杂八的事，明日又要跑医院，有时我一天跑三次，因爸爸也得在家吃饭。很忙。

心情上接近麻木，以前听人家中有病人，天天跑医院，我听了就会很替他们闷，也就是在替他们的苦默默分担，也没有用。而今自己如此，也过了快一个月。

希望下次写信，给你写些快乐的事情。

幼春，你对我好，心里当你亲人似的。谢谢你买了我的书，这本书未见广告。不知出版社为何不做广告。

祝

安康

三毛

又：我们搬家了，我自己的家根本没有时间去，都住父母家，因他们需要我。

电话：7××–2×××

夜十点以后打在家。

伊川说你有旅行命，你却不嫁旅行社，有趣，有趣。

我至死爱他

一九八七年十二月十二日

幼春，如果不是病得不想活，不会去“荣总”看医生，现在不谈我身体。不必谈。

其实那天你来，我很累很累，但我不说，我不能与你再谈，原因是我撑不下去。那天看你上车而去，心里有一丝痛楚，觉得自己太狠心，可是我身体累，我怕再昏要呕吐（当时我一直在头昏）就不敢强求自己，不然我会说再多。

你的文章（信），用词越来越好，是一种功力，再去练，可以更好。

初恋是人生第一次的苦果，如果成了，倒未必是一种完美。爱情如果没有柴米油盐当然容易。我倒认为，没有嫁是十分自然的事。不是我残忍，一个人的人生，必然要有憾事，这才叫“完美”。不然公主、王子结婚去，哪来的“后来”。婚姻已如你所说，是最复杂的功课。幼春，与你谈话中，隐隐感觉，你对于某些东西——说不出来的东西，仍然有着渴望，这是你婚姻中所没有给你的。这不成熟的渴望，切切从心里拿掉，家的世界其实等于一个宇宙，其他人生的经验可以不必追求，因为你已为人妻，为人母。我说话这么直是认为，朋友之间，贵在彼此爱护。你的才华高，但心不能高，因为你是母亲。我总以为，一个人，做人要“眼低手高”才是智者，我们心中不生幻念，才叫“落实”。

我的家很平凡，我在任何地方的家，都比台北的美上十倍，当时有荷西，我将一生的爱，生命，才华，经验，只用在“给他一个美满的家”这件事上，而且，有成就感。荷西这个男人，世上无双，我至死爱他，爱他，爱他，死也不能叫我与他分离。

曾经沧海，除却巫山，他的死，成全了我们永生的爱情，亲情，赞赏。我哭他，是我不够豁达，人生不过白驹过隙，就算与他活一百年，也是个死，五十步笑百步。但我情愿上刀山，下油锅，如果我可以再与他生活一年，一天，一小时。我贪心。

德籍男友的戒指，是一个艺术品，我与他分别十六年之后再见时，曾经戴上给他看，但我给了你，并不心痛，只因为我觉得世界上再也没有如此“好玩”又美的戒指。何况是给你。

与我分手的西班牙男友又回台北，我前几日见到他一次，他哭了，我问他是不是“相思苦”，他又掉泪。我们讲好了，做普通朋友，我不苦。不跟他决裂也好，做人不必那么绝，因为我根本不苦。但我不会常见他。

目前我有美国访客，他十二月二十二日才走。

幼春，我们最大的不同，在于你早婚，我晚婚。这中间，没有好坏之分，而人生品尝的角度，便很不同。但我们一生并不是只追逐“创造”，我们也要享受“守成”。

你说得太对了，女人的美，在于情操，外表是一时的，在情操上，你我都要不断提升，才叫“互勉”。

我不常与你写信，今夜太累，但我很想再写。可是明早又要去陪朋友看看台湾，实在写不下去。

那天你来，穿得那么美，我很感动，你来我家，穿得那样，是你对我的看重。你个人对色彩又何尝不懂，你也懂。近来我不太收集东西了，总觉得，多收多藏，到头来人走了也带不去。但恭喜你得了好东西，一个人什么也不要，也不求，人生有什么好玩?

祝

好

“清扬”部分尚未看。

三毛

一个人在狂喜

一九八三年一月六日

亲爱的Barry[1]：

新年快乐平安!

你做了一件美丽的工作，真美丽！！！

谢谢你将新书全部写完，这真是一件美丽的耶诞礼物。让我们一起来工作、出版，送给天下有心的中国人。你也喜欢这样，是不是?

现在轮到我的步子了，替你的清泉，走回中国的生命来。

在你寄来的页数中，找不到“The Athletic Meet”《运动会》这一小章。杜国说他那儿也找不着，我想请你补寄这一段给我，想来你是有底稿的，很对不起，麻烦你。

Barry，当你的全书的目录来的时候，《阿秋的世界》和《给

---

① 即丁松青（Barry Martinson，1945—　），生于美国圣地亚哥，1969年来到中国并先后在兰屿、清泉定居。1972年与三毛相识，成为挚友。三毛曾翻译他的《兰屿之歌》《清泉故事》《刹那时光》等作品。三毛致丁松青书信的原文为英文，除该信为三毛翻译外，其余十封均为卢嘉琦译。

库诺西的十字架》已经译成，我已将这两篇交给了杂志，在《十只小鸡》的后面刊出。这一点十分抱歉，下一个月的翻译便将照你目录上的故事顺下去，出版时也会尊重你的目次，请你放心。

你英文稿中的“Uncle”被你细心加上了中文解释，写成了“姑姑”。你父亲姐姐的丈夫在英文上的写法完全对，可是在中文注解上应当是“姑父”。姑姑一定要是女人才是，我替你改了。

知道你目前正和法兰西斯哥在墨西哥度假，想来是信先去圣地亚哥等你回家。知道你学校绘事极忙，又在赶写文章，还得管管他人心灵上的苦难，你这位牧羊人实在辛苦极了，可是看看你的好文章啊，这些都是你的成绩。

事实上我也是极忙，忙得不吃不睡，部分的时间，给了你的清泉。

写到这儿，柱国和璧人来了，璧人说我忘了在你所寄来的文章照片里做翻译，于是我停笔了一会儿，去给照片的英文做解说。清泉，在你的相机下，又活出了一次。特别喜欢你在几张人像特写上所注的话，那一张张美丽的脸，触到了灵魂深处的光华，你看出来了，拍出来了，但愿我也译出来了。加上璧人的设计，我们一起再给他们一次人性的光辉吧！

常常想，上天是特别爱你的，他给了你这么敏锐的心灵，在艺术、文学、音乐、爱……和许多其他的地方。

为你译书的工作者，如果具备了足够的英文和中文程度，而没有与你相同的感应，也不能触到那一份生命中隐藏的神秘之美，即使能够译得忠实而完美，在进行这件事情的时候，那份品尝与欣悦必然不会相同。

我真喜欢将你的书变成中文，不但是在文字上，也要将你潜在英文中的精神再活出来一次。看你的文体，总使我想到《大地之歌》的作者 James Herriot，你不是也喜欢他？你哥哥也是喜欢这位作家的，他告诉过我。事实上，你说的是清泉故事，不知你自己，便是一道清泉。我真喜欢为你工作。

我的日子仍是像上次告诉你的，周日山上，周末在台北，很爱我的学生们。有的时候，深夜里，山上起了雾，我念累了书，批完了作业，便带着耳机和小录音机，穿上厚厚的大衣去散长长的步，这便是我工作之外的舒展。工作太忙使我常常胃痛，杂事多。其他没有别的新事情了。

Barry，生命真是上天给我们的恩赐，这么美丽的恩赐。

上封信中我无意中说起心中寂寞，不是因为哀愁，而是觉得，好像在这世界上，没有另一个人，懂得刻在我灵魂里的那份欣赏、赞叹、平和、温柔与喜悦。在这样有魅力的一场生命之旅中，我好似总是一个人在狂喜，没有人能够去说。谢谢你在祈祷中记得为我，其实，这份刻骨的孤寂，仍是美好的。

人生很长人生又真短啊！真是生死两难。

你，我，还有世上少数识与不识的相同人，事实上都是幸福的，因为我们在大自然和自己的生命中，已经握到了天堂的钥匙。

二月的《皇冠》要刊出你的文章了，我们才得近两万字的中文，不能再写信，快快回去工作。再见，我亲爱的朋友。我也不必再见你，因为你并没有远去。

请问候你的母亲和法兰西斯哥。

Echo 上

对不起，写完信又在书桌里里外外上上下下做了一场大搜查，失落的那一章已经又找出来了，很抱歉，我的事情实在太多了。

不再是撒哈拉那个女孩

一九八三年十二月二十七日

亲爱的 Barry：

上次与你碰完面，我就处于非常特别的状态，虽然才一个半月，但就像你在信里说的："我们的生命发生了很多事情。"我一直非常地"低落"，我不接电话，就连待在我父母的房子里都无法安抚我。Barry，你一定懂这种感觉，我无法见任何人，无法和朋友谈天说笑。好几次我想起你对我说："三毛，问问自己要什么。"我扪心自问，也问了我最亲爱的天父，但是我到现在仍然没有答案。

是这样的，我的男朋友回来台北了，所以我必须面对我下意识想要逃避的谈话了。

Barry，我问自己，而我的回答时而答允，时而拒绝。即使如此，这个美丽的人却仍在我身边待着，他是如此渴望我成为他的妻子。

我忽然消失一定让你担心了，我想你，也常想着你会在哪里，过得怎么样。甚至在圣诞节时，我还特别想起了法兰西斯哥。种种思念和爱之所以没化为一通打去光启社的电话，是因为我不知道要怎么向你解释我的感觉。Barry，你知道我与你非常非常亲近，但是讲到我男朋友，我就没话可以跟你分享了。为什么呢？Barry，为什么？请告诉我吧！我对自己，对天父，对我男朋友，对你都是诚实的。Barry，我不确定我还能不能成为某人的妻子，我已经不再是撒哈拉那个女孩了。

说说你在清泉的新生活吧！你对这个地方而言一定有某种原因，某种秘密，某种使命感，我们要等等，看天父和生活要告诉我们什么。Barry，试着平静下来，看看那里会发生什么事情吧！那里的人一定需要你。也许你原本以为那个地方已经在你人生中结束了，但其实现阶段还有更多课题需要学习。我最亲爱的朋友，我也需要平静下来（我已经够“低”落了，应该说我需要平静“起来”才是），我也得去聆听，去等待人生的喜乐。但是，如果一个人很低落，我们又要怎么看清什么才是真正要学习的呢？（而非一味地随心所欲。）在西班牙我们常说“在夜晚哭泣便看不到美丽繁星”，我已经好久没有看星星，而你抬头看了月亮，对吧？

Barry，我这星期会打电话给你，也许等我男朋友回加州后，我会到清泉去，你会欢迎我吗？

当我的好朋友吧，Barry，我在这个世上没有什么朋友。

至于那部电影，我只和鲍神父、你哥哥和导演一起看过一次，那时候还没有定案（还没配上音乐）。我会请 Jerry 带录影带给我。电影里我最喜欢桂神父，就是那位从苏格兰来到台湾的神父，不过我没再见过他。

亲爱的朋友，鼓励我成为一个快乐的女人，成为天父的好女儿，成为一名好老师吧！

Barry，我见到你时，请别问我想要的是什么。我不想改变自己的生活，台湾的生活是如此地美好。当我的神父，当我的朋友。

爱你的三毛

这一生有太多爱

一九八四年二月十二日

亲爱的 Barry：

想起清泉我就心痛。你知道那不是折磨，但却痛彻心扉。每当生命给我们太美的事物，我便总感到心痛和寂寞，当然也感到喜悦，只是不常。与达尼埃和歌妮旅行的这些日子很美好，但我发现，我的寂寞感却比起独处时更甚。每晚，清泉的人们来到我的梦中，那些人的面孔让我心痛。那天晚上你和那两个要到新竹工作的年轻男孩说话时，你的脸就像是位圣人，真的让我好感动。Barry，到底有谁在乎台湾的那些原住民？我们又能为他们做些什么？我想，你做的还不够，而你又能为他们再多做什么呢？你已经尽了力，远超出你的能力所及，但他们的未来在哪里？一想到这些那些，我就感到十分悲伤，这样的悲伤也许只有天父才能在某天给我答案吧！只是那不是现在。

也许我想太多了，也许我的心太软。Barry，我总是问自己真正想要什么，却得不到答案。我想拥有家庭、丈夫、自由、艺术、书、平和，也想将我所有的一切给人们，这一生有太多爱，太多活着的方式了。我离开清泉后，心就碎了一块，我知道自己能为他们做的好少，但我真的爱过，至今也仍爱着他们。不只他们，这世上那么多寂寞的人也都需要爱，但我在短暂的这一生里却做不了全部的事情。那晚在清泉，当我读着你的《清泉故事》，那些故事是生动的。我一见到清泉，对你的书就有更深的感觉，之前没有这种感觉，我觉得对你很抱歉。

我亲爱的朋友，等我从加州回来，我会带台录影机到清泉去。将这种物质生活带给那里的年轻人，我觉得很不好意思，但这是我现在能承诺的，请转告他们，我爱他们。

有时候我也会想起大丁神父[①]的工作，我觉得他在做的事情也好难，也许难上许多，因为他每天要面对的人们都是有困难的人。他也极有耐性地在做这些工作，如果他不够强壮，是会在三个月内疯狂的。在过去的一年半里，我在台北不知怎的也像 Jerry 一样，对我来说那实在太难熬了。所以大丁也是位圣人，因为他在台北仍保持微笑。

请告诉李伯伯我非常喜欢他做的菜，我会寄风湿酒给他，人家说那对风湿很好。还有，我还记得他想要一顶黑色的帽子。

竹山的今天是美好的一天，明天我们就会到台南去，二月十九日我们会到台北，二月二十一日达尼埃和歌妮会去新加坡，之后再过一天，我就会在加州了，四月四日左右才会回来。

如果有时间（我在加州有快要一百个朋友），我很想找个周末

① 即丁松筠（George Martinson，1942—2017），丁松青的哥哥，亦即下文的“Jerry”。丁松筠 1967 年起在台湾传教，并以“Uncle Jerry”之名主持英语教学节目。

拜访你的母亲，我去找她前会先打电话。

Barry，谢谢你的一切。清泉是如此美丽，清泉是真实的。

请为我祷告，请天父带走我内心的迷茫与悲伤。

你知道吗？你是个穿着“蹦袤”[①]的圣人。

再会！

你知道我怎么穿“蹦袤”吗？

三毛上

在南投竹山

歌妮、达尼埃

问候大家

① Poncho的音译，即庞乔斗篷，美洲流行的一种服装。

请划一个角落给我

一九八四年二月十八日

Barry：

我的朋友，那晚在晚会上见到你，你正穿着你的斗蓬，坐在那里看着我们。我发现你的生命中少了点什么，Barry，对不起，我发现了。

那晚，我的思绪回到十二年前那个美好的夏日，那是一九七二年。许多年过去了，许多事改变了，我们都知道人生就是如此，我们就是身于这样的生命洪流。

上次在兰屿的一见之后，这会儿我竟和清泉的人们在跳着舞，我的回忆闪过一张张你的照片，你正坐在清泉天主堂的屋顶上弹着你的吉他，你在兰屿抱着一条狗，你微笑着靠着一棵树，你与孩子们在清泉教堂大门前，你在种树……那些照片在我眼中一遍又一遍闪烁着，在那同一时间，一九八四年二月八日的我，正在舞着。Barry，我认识的那个年轻神父到哪儿去了？我看到什么东西消失了，这让我感到悲伤，十分悲伤。Barry，这一次你让我感觉你的身心仍低潮着，悲伤的感觉在你心内的一角躲藏着，就像那位失去小王子的飞行员一样。我看着你，你便给我一股悲伤的感觉，就像每次我读《小王子》的结局那样。我亲爱的朋友啊！我能不能问问，你生命的活力去哪儿了？这次我看见一位神父的耐心、平和、爱与美丽，但是，我却看不见生命的力量。Barry，Barry，如果不写下我对你的真实感觉，我就不能再当你的朋友。

你读过的《圣经》故事中，有一次雅各（在雅博渡口，你叫他什么来着？）和一位天使摔跤，天使让雅各的膝盖（大腿窝）拐了。Barry，请你和上帝摔跤吧！试着再次年轻，再也别说："看到他们，看着那些年轻人，仅仅是看着他们，我就觉得自己老了……"这不是你，这不是那个写出如此动人的书，那个对自己人生怀抱梦想，那个如此热爱生命的你。拜托你，再次做梦吧！这好重要，做个永远不会褪色的梦吧！

也许我的感觉是错的，毕竟我不如你的翻译了解你。（还是我仍然了解某部分的你？些微的你？）我有时想，"要成为一个简单的人并非一件简单之事"。Barry，只有动物或孩子才能简简单单，他们是美丽的。你是诗人，是艺术家，是神父，是可爱之人，是天父的孩子，但是为什么这次你会说"我已经好几个月都感到不适了（那时你谈到你身体不舒服），但是现在我只能把它摆一边……我不再在乎了……"？身体是圣灵的殿，如果你病了，又如何能拥有力量？

我不是天父。我想，在同一个地方待七年对你来说太久了。虽然清泉很美，但是以你的个性，你是需要挑战的，而清泉对一颗诗人之心而言实在太过舒适。

Barry，写这样的信我很抱歉，这是你个人的人生，我无权做任何评断。但是我有权告诉你我的感觉。这是你从美国回来，我第二次见到你之后的感觉。

关于那座小红砖屋，小王子昨晚告诉我，等他回来探望飞行员的时候，他很乐意自己住在那里，到时他可能会带着他的玫瑰，他一生唯一拥有的那朵玫瑰。在那里，那座红砖屋的门有时可以打开来，因为狐狸也许会“准时”在下午四点去拜访他。请将这座屋子留给小王子，而非给作家、学生、神父或修女，也别留给鼓或吉他……毕竟那些人有你的教堂可去。小王子几乎是哭着对我说的，他说他没办法再回到撒哈拉了，但是他需要一个地方，在那里，他的星星就在他的头顶上，在那里，他可以没有乡愁，好好休息。请将那里命名为“安静之家”，那里有平和，有只有大自然才能赋予的宁静，而且绝不会有寂寞。Barry，小王子是我们的朋友，留给他吧！等待他吧！你怎么知道他不会从一颗叫做加州的星星再次回来呢？

啊……梦啊……

如果要在安静或平安之家间选择，就请取名为安静吧！我们可以创造一些“旗语”……啊……我不会再对这座屋子多做着墨了。只是，如果这座屋子的屋顶很高，我会很想在里面建一间阁楼。如果有很多狐狸来拜访小王子，它们可以睡在榻榻米上，小王子便自己睡在楼上。对某些人，像对丁神父，对三毛，或对小王子来说，独处永远是最重要的时刻。请再等等我，Barry，等我回到清泉，让我看看那座屋子。我想请你将屋子的一个角落留给我，也许我可以在那里摆些书。请将他人与我隔开吧！看在我比你早发现那座屋子的分上，就让我的角落只属于我吧！你看，我们要为一个角落打起架来了。拜托，拜托给我一个角落，只要一个角落就好……我想要一个角落，划一个角落给我吧！请划一个角落给我……

今天我从恒春回来了，能够独自一人待在我双亲的屋子里我很欢喜，达尼埃和歌妮则待在我的公寓里。我跟他们说，三年内我不想再见到他们了，我爱他们，但三年见一次对我来说就够了。我虽热爱人，但我也热爱独处。三个礼拜来总是和他们黏在一起，这种感觉实在太重了。

我好累，到了加州我要一直睡，至少睡上一个礼拜。Barry，谢谢你，你在清泉唤醒了我的灵魂。在离开前我有很多很多事情要做，像是要申报我的“所得税”，我真恨填那些文件，但我得那么做。

要保重身体。如果你觉得不舒服，何不来台北做个检查？当然台北可能会让你更不舒服就是了。

我要去睡了。

三毛上

请告诉我，为什么爱人之间（他们声称他们爱彼此）爱了又爱，爱了又爱……但是却要各算各的钱，而且每天都很仔细地算，即使是一块钱也要还给对方？为什么爱人之间嘴上总是挂着我的钱和你的钱？

当我看到这种事，我便看不起他们。为什么人们要这么在乎钱？如果不能同时顾到钱，爱就什么也不是。Barry，这次和达尼埃、歌妮的台湾之旅我负担所有支出，他们说他们爱我，但是每当他们有什么特别的事，却又离我远远的。Barry，我并不难过，一点也不。我只是觉得金钱是如此奇妙，因为没有了“财神爷”，他们就生不出爱。难道爱就像物质事物一样，“做”得出来吗？“做”这个字可以用在很多东西上，然而你“做”得出爱吗？爱是从我们心底自然来的。

不说了，对不起，我下次不再写这么长的信了，其实我也快累死了。

告诉清泉的人，我爱他们。希望李伯伯身体好一点了，我很爱他。我最爱的是他。

又是爱你的三毛上

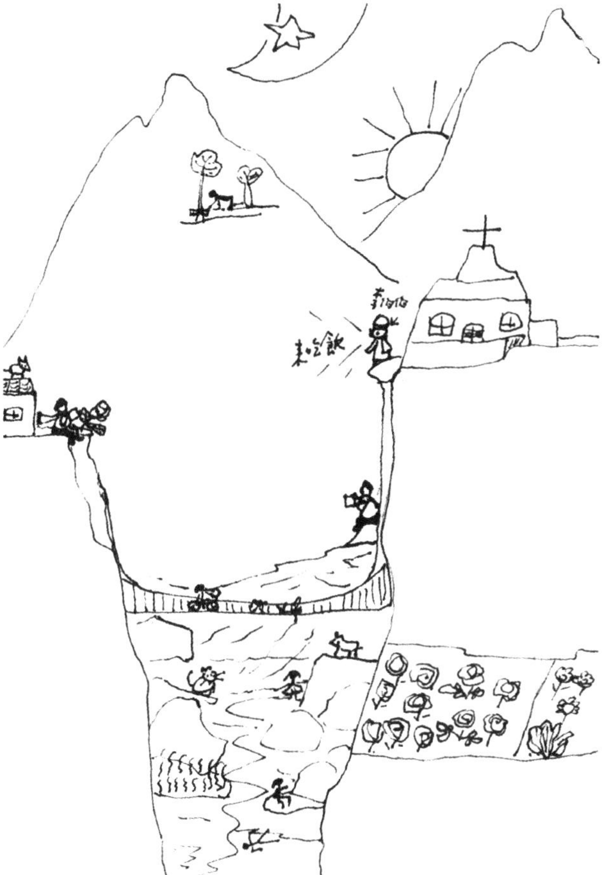

三毛在信中所附的手绘清泉地图。

鳄梨树、果树和老钢琴

一九八四年二月二十一日

我会在四月初回去，别再写信给我。

特别帮我问候 Vasui，我在清泉会见到他吗？还是他很快要去当兵了？

亲爱的 Barry：

我一直试着打电话给你，今天是第十次了。李伯伯说你下星期才会从嘉义回来。Barry，到美国的第一个星期我捎了张明信片给你，之后的每一天我便一点一点地在洛杉矶死去。你是知道这个社会的，你知道这块土地，在这里我们的物质生活虽然很舒服，但是灵魂却是逐渐凋零的。在这里，我努力想要快乐，但是我的灵魂却彷佛缺了角，我的美丽在这块土地上无法证明，生活是如此平庸，这种平庸跟我所追求的“平凡”是完全不同的。

这比生病还糟，美国简直是要了我的命。加州这里的人很好，阳光总是绚烂，街道是干净的，只是不知怎的我不属于这里。

每当我看着镜子里的自己，我只看见一个有着极度悲伤双眼的女人。我知道是哪里不对——因为我无法融入这个社会，即使它很美好，我仍不属于它。

我在美国感到最温暖、最欢喜的时光，便是与你的母亲、你的鳄梨树、果树和老钢琴相处的那两天周末。Barry，我好爱你的母亲。我知道我和她说了太多话，一定让她非常疲累，但是我知道母亲其实也是欢喜的。和她聊天就像是回家，给我一种家的感觉，我爱她有某部分原因是因为她和我好相像。Barry，你母亲能懂得我的心，她用一种爱和理解温暖了我。她是个身心都好美的女人，我多想和她一起窝在沙发里，花上好几个小时对着那扇美丽的窗。我买了个中国锅给她，但我想她不太会为自己下厨。

我亲爱的朋友，你之前为何从未告诉我，你在圣地亚哥有这样一个美丽、温暖又舒适的家呢？我好想你，很想很想，尤其是待在你曾经住过的房间里时。跟母亲的一切都是那么地自然，她就好像是个我认识多年的熟人似的，我和她谈话感到无比地轻松，一点也不会不舒服。有好多事情想跟你说，Barry，谢谢你将你的母亲让给我，她就像我在美国的母亲一样，我好爱她。

关于法兰西斯哥，我到的隔天便和他碰面（我是在星期六抵达圣地亚哥的），他星期日来接我去望弥撒，你的母亲也一起来了。Barry，法兰西斯哥是个温暖的人，非常温暖。因为你，我见到他的第一眼就爱他。但是他在教堂似乎好忙碌，他在那里有好多好友，我几乎没法找时间和他交谈。弥撒过后我们三人回家与母亲共进午餐，我们才终于能聊了一会儿，只是他实在很忙，那天下午我就找不到他了，他去办点急事后才会回母亲家，之后我就得去机场了。Barry，我很想见见 Glen 和他家人，我十分喜欢 Glen 和他的妻子。有好多事情要告诉你，但不是用写信的，等我回到清泉，你能不能给我几个小时与你聊聊呢？

今天我又打了电话给母亲，向她问你的电话号码，号码对了，最后接起电话的是李伯伯。能和他说话让我很欢喜，他问我什么时候才回台湾，我告诉他就快了，我还会买维他命给他。

Barry，虽然我还没看过清泉那座红色梦屋里面的样子，但我却是时时刻刻想着它的。你那栋新房子，我迫不及待地想看看了，如果可以进去参观我会非常高兴的。你觉得……啊……我为什么开始谈起我还没见过的事物呢？这次我回去，我想至少我可以带些毯子，盘子，再带个中国锅去你的新家给你，再带些书……我一想到这些那些，就觉得好欢喜。啊……我真是爱做梦。

至于我的朋友 Mike，他是一个美好的人，他本想和我一起到圣地亚哥来，但我终究还是认为自己要独自前往。Barry，我有好多事情要跟你说，我能再回清泉吗？昨天收到你的信的，Barry，我在这里好寂寞，是一种孤单的感觉。能回台湾我会非常高兴的。

你做的石膏塑雕在我这里。等我回台湾，我会带着它，你能想象我在飞机上要整路捧着它吗？

亲爱的朋友，我在教堂还碰到好多你的朋友，我到清泉见了你之后再告诉你。Barry，祝你快乐，你知道好多人都深爱着你。

亲爱的弟弟，我想念你。

三毛

三毛与丁松青的母亲。

谢谢你给我一个家

一九八四年五月二十日

亲爱的Barry：

我写了篇关于我如何遇见清泉梦屋的文章[1]，下一个星期就会刊在最大报《联合报》上。请你哥哥寄一份给你吧！到时也许我已经离开了。

台北一天到晚下雨，我猜清泉也一样，就像老天爷在流眼泪。Barry，要离开好难，我已经一个多月不能好好睡觉了。今天我到皇冠去见平先生时收到了你的信，我在我车上读你给我写的信，还有我亲爱的女孩男孩的来信。Barry，是的，是痛苦的，但是你给我的痛苦却又如此甘甜。我知道你会永远成为我生命的一部分，因为没有任何事情可以摧毁家人之间的爱。就算是现在，我仍挂念你。读完你的信之后，我和平先生与张柱国先生共进晚餐。他们说我的双眼闪闪发亮着，耀眼又独特，他们从没见过这么美丽的我。他们不知道那是因为你的信让我的心满溢着爱与平和，让

---

① 指《重建家园——将真诚的爱在清泉流传下去》，原载于一九八四年五月二十七日《联合报》副刊。

我的灵魂充实着丰厚的喜悦。是的，Barry，爱是股十分强大的“意念”，能同时让人改变、欢喜、伤悲、发光。

我亲爱的弟弟，你知道每一个人都要怀抱梦想。如果没有梦想，他们只是为活而活罢了，但我不是，我热爱这种爱、梦想、体谅、平和，我一生都会在心中保有着梦想，它能鼓励我，安抚我。虽然在接下来的日子里我不会时常与你相见，但分离又算什么？什么都不是。

你那晚离开后，我在空荡荡的台北街头开着车到处走，直到天都亮了，我才回家，坐下，开始写作，在五个小时里我写下了七千个字。我却并没有写下我的感觉，我只知道我得到那座梦屋了。文末，我写下了你的电话，要青年朋友们去住我的房子，而你会帮助他们。那篇文章是关于一座屋子，一个梦。我没有提及任何关于你的事，只有谢谢耶稣会长让 Barry 帮助那些也许会到清泉三毛的家住宿的青年朋友。

能和人分享我们所拥有的，是如此美好。没有办法拥有我的屋子当然令我难过，但我的灵魂之爱不会是自私的。我给予人们我的屋子，我的心，我的梦，我的记忆，我的生命，日复一日，只增不减，这让我感到非常非常欢喜和富足。我想，没几个人能懂得我有多快乐，但你一定懂。

在我们给了清泉的那笔钱之后，“隔天”，另一个奇迹发生了。我去年的所得税预扣得太多了，所以“国税局”退给我五万七千台币。那之后，我给了另一个需要钱的人一万块，而今天平先生竟然付了我一万块。Barry，我一直在跟上天玩这个游戏，这游戏太好玩了！ Barry，上天也是很顽皮的，祂就像个孩子一样，祂还是我的挚友，我的天父。和祂玩这个游戏给我好多乐趣，我相信祂也乐在其中。

天主给我的另一个礼物就是清泉，Barry，你可能不知道我开始爱起那里的青年朋友了，我深爱他们，清泉现在像是我的家乡，我的人民。Barry，谢谢你给我一个家，一个我一直在找寻的家。

昨晚我读了一篇文章是在讲爱的，有句话说："爱我少一点，但爱我久一点。"我对清泉的爱，野心不是大的，但会是长久的，等到我们都逝去的那天，我还是能听见那首歌唱着："好久以前有个女孩爱过我们的清泉，我们相信她在远方仍爱着清泉……"

至于那张照片，我也喜欢那张照片，但是我四处翻箱倒柜想找出底片在哪里，却遍寻不着。我会去我母亲的屋子找找，也许会在那里。Barry，你知道的，我将记忆丢在许多地方，想不起来那些底片究竟被我藏到哪里去了。也许某一天它会自己跑出来，但那又会是何时呢?

今天我将自己的头发弄成这样，虽然看起来就像个疯婆子，但很特别又充满艺术气息。我这个人不知怎的就喜欢里里外外改变一下，看上去就像头狮子。希望当我要离开前往美国时，能有勇气接受那样的分离，像狮子一样昂首阔步。

Barry，你知道你已经改变我的灵魂，带领它到另一个层次，你带着我认识生命中的许多美好，虽然你没说什么，但透过你的灵魂，我能感受到你传来的讯息。我好爱你，而这样的爱是如此地正面！

到美国刚开始生活时我可能不会写信给你，不论你怎么说。但你要相信我，我不会再欺骗自己了，我知道我会用最真挚的心处理这件事。过两天我就要走了，亲爱的弟弟，我晚点再给你写信。

爱你的三毛

我无处可去

一九八四年八月五日

洛杉矶

亲爱的 Barry：

我知道我没写信给你你肯定担心死了，我没办法写信，没办法说出我对自己真正的感受。

在美国的这两个月，我的身体和灵魂都受到深深的伤害，我好痛苦，有时候我甚至完全不在乎自己究竟是死是活。

手术还算顺利，我的医生人很好也很和气，但是美国的生活让我神经崩溃！ Barry，我和以前不同了，我不在乎了，放弃了。

也许几个月后我会再想想所有的事情，也许我会回台湾。但是我现在觉得，台湾对我来说已经结束了，西班牙也是。但我绝对不住在美国，我对这个国家的爱太少了。我无处可去，无处开始一段新的人生，我只是在自我放逐而已——

Barry，我没打电话给你母亲。我在这里没做什么，面对这种痛苦的生活好难，就算我想面对这样的生活，也没什么可以面对的。写这样的信给你我很抱歉，希望能在秋天见到你。

Barry，我没地方去，也不觉得台湾是对的归宿。在台湾，有什么在等我呢？

帮我向我在清泉所爱之人问好。等我觉得好点再写信给你，你要保重。如果你写信给你母亲，请告诉她我爱她，我只是现在不想见任何人。写这种信真对不起。向 Jerry 问好。

爱你的三毛

等了又等

一九八五年四月二十五日

亲爱的 Barry：

我为了你的书正在努力，今天读完第四十七页了。你的“笔触”风格我可以很轻松地抓到。

总之皇冠的译者翻得还可以，只是她抓不到你内心的感觉，而这就是我的工作了。

还有我现在可是每天为我父母下厨，我很乐意这么做，这让她（母亲）快乐，我至少要花五个小时以上和母亲相处，我想我父亲和她都喜欢和我待在一起。所以我每天晚上快十点才回到自己家，之后才开始拆读者们的信，回电话，安排一些会面，打扫房子，之后我会去你的“营地”（劳工营）采些草莓……

这本书的照片一定会很棒！这些照片几乎可以另外出一本书了，如果你的读者眼睛够雪亮，这些照片根本不需要文字，它们就是“生活”（我指的是照片）。Barry 相信我，我们合作的第三本书一定极好，只要给我点时间就好。对了，我等了又等，却还是没收到我三本新书半毛稿费，所以此刻台东天主教医院的钱是没办法了。我已经跟你讲过了，但是我还没实现我的承诺。我朋友 Y-su 他家还好吗？他父亲过世了，中午打电话给我吧！打 7× ×–4× × × 可以找到我。

你什么时候去马尼拉？我忘记日期了。向李伯伯问个好，他病了。

爱你的

三毛

既欢喜又寂寞

一九八五年四月二十七日

留着这封信，我得复印一份，但我还没时间。

亲爱的 Barry：

我最亲爱的弟弟，今晚我独自从沙滩回来后终于读完你的英文书了，就是我正在翻的那本。Barry，你开始写到你父亲逝世，那种尖锐却又深沉的体会，触动我的灵魂。Barry，你书里的“第二部分”让我哭了出来，那不是痛苦，而是一种遗憾，一种安静的时刻。在你的字里我看见自己，是你，也是我，是许多许多人。关于最后一部分的“方济神父”，他也给了我他所能给的最好、最好的感受。我亲爱的弟弟，我终于知道为什么我会觉得与你如此亲近了，因为我们是双胞胎，在许多许多时候，我们的灵魂是如此地相像，不仅相像，我们还可以，或者说我还可以，感受你真正想说的是什么，对于生命，对于爱，对于心，对于困难的、辛苦的、温暖的、悲伤的，对于快乐。在这一切一切之下，没什么人和我俩相像的了，我们能捕捉“美丽”真正的意义。我无法入睡，在读完这样美丽的一本书之后，我感到非常寂寞。你一定懂的，某些快乐和悲伤是可以和别人分享的，但最深处的快乐或悲伤却几乎只能独自感受。Barry，也许我和 Jerry 与你母亲真的投入了这本书里，我们如此相像，成为了某种超越魔法的力量。

亲爱的 Barry，写完这本书，你就可以死了，了无遗憾了，我会很高兴你就这样死去的。而读完这本书的我，也可以死了，因为所有生命的意义，都在你的书里完整了。你完成的是一本巨作！你诚实地面对生命，正如天父要求人类的那样。

Barry，你是知道的，你知道我对你的爱不是男女之爱，那太狭隘了，天父也知道不是那样的。只是这样的爱太深而没人能了解，因为人们爱的程度不比如此。多傻啊！他们只在乎性别的不同，他们从不真正在乎灵魂，灵魂有时根本是无性的，而是一种爱，就像我自己的一部分。没错，就像你在最后几页写的，关于自由，只有放手让友谊离开，才能真正保有这份友情。那么我要走了……

我得说，我从未试图强留住什么，但是我会永远留着你的话语。不论未来会发生什么事情，我对你的爱从此不会流逝。

Barry，这是你的巨作，要小心地留笔。在这本书之后，很难再写出更好的了。第一部分比较像《兰屿之歌》和《清泉故事》，但是第二部分提到的旅程便是你内心的旅程。Barry，我对任何人都会感到寂寞，但不会是对你。我敢在凌晨三点打电话给你，吵醒你，就要告诉你，Barry，你的书让我在你写的那些故事里看到自己，让我记起成长的美丽与哀愁。

我生命也有着闪耀如纯金的时刻，深深地藏在我心深处，而今晚你再次地唤醒了它们。

那些时刻就像今晚我读完你的书一样，是值得的。那是你我最深层的那部分，即使那些时刻只会成为回忆，它们仍在我心里，它们成为我的生命。

这是封既欢喜又寂寞的信。

晚安，Barry。

爱你的　三毛

P. S. 你知道吗？今天下午我自己一个人在沙滩上走了五个小时！好美啊！

请代我问候

一九八六年四月二十八日

亲爱的 Barry：

看完《远离非洲》后，我无时无刻不想着你，我打了电话，但你不在家，和你母亲聊了聊，却忘记告诉她要叮嘱你看《远离非洲》。

后来我又再看了一次电影，便开始阅读《远离非洲》作者伊萨克·狄尼森（Isak Dinesen）写的《草坪上的影子》。我也看了《紫色姐妹花》，大家都说好看，但我却不觉得，我还是比较喜欢《远离非洲》。我也看了《丰富之旅》和《蜘蛛女之吻》，你看看，我沉溺在电影里了。

多巧啊，我现在正在读毛姆（W. Somerset Maugham）的原文书，我这一生反复地读毛姆，但是这次我阅读的是他的英文原文。他的短文《雨》《红毛》《信》都很好找，但我找不到他一篇名为《池塘》短文的英文原文，我最爱的是这篇。

我也正在读劳拉·英格儿（Laura Ingalls Wilder）写的七本童书，像是《森林中的小屋》《梅河岸上》《银湖之滨》《农夫的孩子》《好长的冬天》等，我从那些书中找到好多乐趣。昨晚我还读了马克·吐温的短篇故事，还有英文课给我们的短篇故事，我在这里读了好多书。

这一季我还参加了另一堂叫做“泡画廊”的课，我们每个星期必须参观四间西雅图的画廊，还要交绘画心得给我们的美术老师。但是我最享受的还是我的英文课，我们班的学生来自世界各地，我发现他们比美国学生更加友善。我们的老师说西班牙文，热爱电影和书籍，我非常喜欢她。

Barry，在这里过了这么些美国生活之后，我有好多经历想与你分享，尤其是《远离非洲》，我有好多想法想和你说。我第一次觉得你放弃飞行实在太好了，搭船、搭飞机、搭巴士都会让我头晕目眩，那些对我来说一点都不好玩，只会让我头晕想吐。

说起在这里的“家庭”生活，如果我现在住的地方算得上是个“家”的话，那么没错，我非常不开心。天啊，如果不是学校还能让我提起点兴致，我就……Barry，我会在五月二十二日离开回台湾，到时我的课就结束了，我会在台北待一个月，接着六月我会在西班牙待上整个夏天。在那之前也许我还可以去看看清泉的篮球场，你做得太棒了！我想你会在墙上涂满你之前和我说过的画。

很谢谢你邀请我到圣地亚哥拜访你（母亲），只是这快十五天以来我得了非常严重的感冒，现在咳起来还像把机关枪一样，医生说我得了支气管炎，我的身体因此受了很多折磨，现在非常虚弱。我想我没办法去圣地亚哥了，但是如果明年你母亲可以到台湾旅行，我会将我的公寓借给她。我希望明年你可以回美国陪她，而不是让她跑到台湾找你。听说你母亲病得很重之后，我才发现我有多爱、多尊敬她，还有现在我好以她为荣，她是名十分特别的女性，先不论她是你的母亲，我见到她的第一眼就发现她美好的许多面。Barry，能有你这样一位“作家”朋友我总是感到骄傲，你已经做了许多极好的事情，现在再加上你母亲的花园，还有清泉篮球场的那面墙，接下来你可有的忙了。我想，你这三个月能和你母亲待在一起，是天父给你的礼物，我看得出你在她身边有多快乐。Barry，我知道这次你和你母亲在一起很高兴，她是个仁慈、勇敢、体贴的人。我两年前只和她相处了三天，她就在我心中留下难忘的记忆。请告诉她我爱她，告诉她我很快就回台湾，我不会再待在这里了。

总之华盛顿是有着美景与善良人们的一州，我第一次打从心里喜欢美国，有一天我会回来再进修我的英文。Barry，你知道我非常热爱语言，英文又是这么美丽的语言。

还记得 Taguon 的兄弟吗？他名叫黄军，现在在兰屿当兵，他写信到我台北的家，我父亲将他的信寄给我。他信里写了很多你的近况：“丁神父的母亲病得很重；丁神父回去了；丁神父的母亲好多了；丁神父盖了座篮球场……”Barry，黄军非常爱你。我等不及要看你的新篮球场了，夏夜里坐在场上，听着河水潺潺，会有多棒啊！

Barry，请代我问候你母亲，我这次不会去拜访她，但我确信我还会回美国读书。到时候你母亲的身体就好多了，我也才能在夜里与她多聊一会儿，我很喜欢与她相处。

我之所以没有打电话给你，是因为虽然我已经付了足够的月费，但是房东还是不喜欢我打长途电话。Barry，这次要离开你母亲时要坚强一点，我知道这很难，但是你们彼此都能撑过去的，不是吗？你们都是很勇敢的人。我到台北会打电话给你，我爱你的母亲，再告诉她一次！我们很快再见！

爱你的三毛

走进一场消逝中的梦

一九八六年八月七日

亲爱的 Barry：

回到加纳利群岛有如走进一场消逝中的梦。刚到的那几天，我回想起我生命中真正发生过的那些事情，很痛苦，但是现在一切都过去了。我在这里还是有很多朋友，我虽然和他们碰面，但是没有什么可说的。我知道一切都已结束，随着死去的人，甚至连同还活着的人都一起结束了。我用非常便宜的价格将房子卖了，也许是太便宜才让我没办法轻易地了结一切。我再不属于这个岛屿了。

你知道将这间房子里所有的东西送给朋友们我有多欢喜吗？这好像某种死亡仪式，告诉我自己这世界上再没有什么事情、什么地方让我牵挂。我这里的两千本书全送人了，无牵无挂的。我虽然觉得痛，但是这样的痛却又与我心里深处的喜悦抵抗着，我问自己："这是你的人生，你的人生是什么？你的确深爱着这个地方和这里的人们，但是没有他们你还是可以活下去的！"在写这封信给你的当下，我想起你说过你不想回圣地亚哥的那间教堂，不想回去找法兰西斯哥。

Barry，在人生的旅程上，我们都是孤单的。我们可能会因为某些人，好几次地中断旅程，但是当生命走到尽头时，我们都是孤单，我们都是一个人，我们都是孑然一身的。

我大概九月十五左右回去，我本来一开始计画要到 Suity Island 去拜访我的几个朋友，但是现在我改变主意了，我想要回台湾开始新的生活。忽然间我觉得有些朋友能给我的好少，而我能给他们的也同样不多。一九八六年对我而言是煎熬的一年，快将我的心给掏空了。Barry，我发生了什么事？我只觉得我再不想从这个世界上得到什么。这个暑假，我又死了一次。

我坐在我最喜欢的椅子上，对着浩瀚的大西洋，在寂静的夜里看星星，我想起了你，在那好远好远的清泉，你正在做什么？又在想什么呢？

对了！我还在想《远离非洲》那部电影，我这里的房子有点像电影里的那栋房子呢！

代我向你母亲和 Jerry 问好。

爱你的三毛

一九八九年，在台北三毛的家里，丁松青最后一次见三毛。

绝对地宝贝你

一九八六年十二月二十五日

亲爱的星宏①，我的好弟弟，收到你写来的长信，本来因为昨日熬夜，已经累得快崩溃了，可是我又起床来给你回信。来信的人有好多好多，可是我没有每一封都回。收到了你如此真挚的来信，文笔又极好，道尽了一个苦孩子心中对于人生的向往与无奈，你又那么地信任我，把什么心事都告诉了我，我心甘情愿而且极快乐、光荣、欣喜地接纳你这么好的一个弟弟。可是我实在是太忙太忙了，也许我们只有依靠通信来保持联络，等我忙完了明年的新春，才去与你见面好吗？我们靠书信来关心彼此，是你信中的姐姐，请你原谅我，在这几个月，没法来看你。

细看了三次你的来信，我深知你是一个如此懂得上进的人，可怜的孩子，你年纪那么小，却懂得拼命去读书，真是难能可贵的。首先，我想对你说的是，你不要把自己想成那么没有用，你看你不是参加作文、画画和书法比赛？可见你是有才华的。现在

① 即郭星宏（1967—　），台湾台南人，三毛的读者，患有脆骨症。1986年，19岁的郭星宏给三毛寄去一封长信，三毛深受震动，此后两人开始通信。

你身体的情况那么苦痛，可说是一个“支离人”，但是你给我写来的信仍是字迹清楚，文笔生动有余，短短几张纸，道尽了由小到现在的辛酸。虽然我看信也落泪，可是又有一种声音在告诉我，这个孩子不平凡，不是没有前程的。星宏，目前我认为，你可能需要一辆轮椅，不可以把自己关在一个小房间内，即使再麻烦家人，也要不害羞地麻烦，因为他们是你最亲爱的家人，对你做什么都是出于爱。这种病，东折西折的，可说是太痛苦了，可是亲爱的弟弟，目前你第一步不是去想谁养你的问题，而是如何建立自己。不可以自怜，要往光明的一面、勇敢的一面去做人。我知道你的父母很爱你，我觉得你可以自修，去找一样合适自己兴趣的东西，去买书来研究，因为只有看书，是不必行动的，用手捧着就可以看。我觉得，在目前，只有书本可以使你的“内在精神”再度重建，不但如此，你头脑不成问题，将来念到某一种程度的时候，水到渠成，成绩来了都挡不住，可是，弟弟，你先得去付出自己再一度的努力——不上学了，去自修。

如果你喜欢文学，就去好好看书，如果买书的钱家中觉得贵，你便来向我讨，我可以替你买书寄给你看，可是我只知道文学、哲学方面的，对于其他，就不太知道了。弟弟，我对你所做的第一步，就是要你开心起来，开开心心地知道，三毛姐姐疼爱你，绝对地宝贝你，你是一个很可爱的人，我看了信就知道。这封信是先要使你快乐一点，我们慢慢地一步一步走，我寄书给你，你给我每月一次简短的“读书心得”，让姐姐在信中与你一同进步，好不好？目前你坐着写字有没有困难？会不会痛？写来苦不苦？如果太苦，就不必有读书报告，只说读了，喜欢或不喜欢就好了。读书可以使我们居陋室而海阔天空，这真是人生一大快乐和享受，而且，人是越读越有眼光的，等到你“十年寒窗”之后，那枝笔一定可以“拿笔尾”——去写作，投稿，成为如同“杏林子”那样的作家。反过来说就算去“看庙”也是一种对人类的服务，天下事无分贵贱、大小、高低，只要内心平静，我们不偷不抢，有什么羞耻？这种心理，你一定要坦坦然地建立起来。你的一生在肉体上，心灵上，都吃足了苦头，可是为什么就承认自己是无用的？这一点，我不同意。好弟弟，你如果很快乐欣慰地收到我的来信，就请你辛苦一次，简短地告诉我是不是想看书，然后我给你买了寄去。

很可惜我住北部，你住南部，我们不能立即见面，但是我要在信中支持你，帮你快乐。我的永久地址是这一个，我写下来：

台北市，邮政 ×× 支局 ×× 信箱

陈平

电话：(02) 7×××7××　(02) 7×××8××

如想打电话给我，你打来，我立即挂掉，再由我打给你，那么长途电话费就是做姐姐的来付，不必增加父母的开销。打电话给我请在晚上十一点以后，我才会在家。你先打7×××7×××找我（父母家），如我不在，你再打7×××8×××（我自己家，但我大半在父母家中睡觉）。我的电话、地址，只说给你听，你不可告诉别人，因我太忙了，最怕电话。我们通信可以告诉你的父母亲吗？请问候他们。

三毛

不要把我的信丢掉

一九八七年一月六日

亲爱的星宏：

自从那封信在报上登出来之后，许多许多不同的报社、电台，都打电话给我，向我要你的地址。可是在没有得到你的同意以前，我绝对不会答应别人去打扰你，因为不知你的心态，也不知你父母是否答应。虽然这些要去采访你的人，都是出于一片爱心，他们实在是也想去爱你，才会来我这儿问东问西的。我觉得如果被采访，可以治好你的病，或者可以使你快乐些，那么是好的。如果只是去采访，把你烦得要死，又于事无补，不如不理这些人。

可是，星宏弟弟，我认为这个社会还是有着极大的爱心和关怀，我们的同胞是很好的。他们关心你。

目前我因为太忙了，“肝功能”已经坏了，这是太累了累出来的，可是我不能休息，因为这个月的工作都是上个月预约的，而且还有三万字的稿没有写。

星宏，姐姐在这上半年不会来看你，可是心中放着这件事情，我一定会去看你的，而且会预先通知。我们家中，我的父亲、母亲，都很疼爱你，我爸爸说："请星宏把姐姐的来信收好，每一封都收好，将来姐弟共出一本书信集，那星宏就可以出书赚钱了。"我觉得我父亲的想法很好。请你不要把我的信丢掉。

小民是一位很有爱心的女作家，她主动把书送来给我，叫我送给你的，我是她的好朋友，一定代你去谢谢她，她会很高兴。

刚才我去找你的第一封来信，无论如何找不到（我来信是一箱一箱的）。我爸爸怪我不当心，我再去找一次。

不多写了，轮椅可能推到外面去看看景色吗？

姐姐上

星宏：

现在你的第一封来信也找出来了，勿念。

我发觉你很有绘画的天才，每一封信后面画的图片都很精彩。我们慢慢地想，星宏，说不定你也可以走上画画这条路。

好啦！弟弟。读书心得慢慢要写了。一次五十字好了，不逼你。

你居然看过我那么多书，真正是我的"知音"。我自己的弟弟（两个，都已成家了）从来不看我的书。

这几天又要寄书去给你了。请问候爸爸、妈妈。

姐再笔

收了一个好弟弟

一九八七年一月七日

亲爱的星宏弟弟，这是我有生以来第一次收了一个好弟弟，我心里也是开心得不得了。我的父母看了你的来信，对你也是喜欢得不得了，欢迎你参加我们的大家庭。我有手足四人，一个姐姐，两个弟弟，都已各自成家，现在我们又有了你，从此以后，星宏，我也是你们家中的一分子，你也是我们家中的一分子了，两家做个“干亲”你说好不好？我既然认了你，就得把家中的情形讲给你听，才算不是敷衍你。

轮椅要一万五千块一张，可是我认为那是必需的，我们浙江人（生长台湾）收干弟弟是要请酒的，我觉得请酒没有意思，又浪费，不如给你一个见面礼金，也是姐姐的一点心意，请你不要跟我生气。现在我先把自己的书寄给你看，你慢慢看，不要伤到视力，要在光线好的地方去看书。你的父母非常伟大，我希望你有了轮椅生活可以快乐些，妈妈有空时请她推你出去，把你放在阳光下，不必推太远的路，你坐在阳光下看书晒太阳，对健康有益。

星宏，姐姐太忙太忙了，一时不能来看望你，可是我们今生总是要见面的。如果我一时没有信，绝对不要胡思乱想，那表示我太忙了，绝对不会忘记你的。书，每月寄两本，按时。如你有指定的书要看，写短信来就好（怕你手酸），我可以寄给你。星宏，我的丈夫是在几年以前意外丧生的，我伤心了很久很久，内心的那个疤到现在也没有好，可是我不再哭下去了，我要做一个快乐的人。让我们彼此共勉，灰心、失望时，彼此鼓励，所谓“手足情深”。今天我忙了一天，很累了，请你原谅姐姐不写长信。明日①汇款②寄书③寄信，都会处理。

你的父母一听声音就是很好的人，我很喜欢他们。弟弟背生字，如果记不住，叫他把英文字的拼音找成与中文发音相像的字去背，如Book，可想成“簿克”，便容易记住。我也手酸了，请等我的书，整套的慢慢寄给你。星宏弟弟，你是我的弟弟了，我们应该大笑三次，表示高兴。你听见我在此大笑大叫吗？好开心呀！寄上我的照片给你。

姐姐三毛上

我本名叫“陈平”。

对外人我不说的

一九八七年一月十二日

亲爱的星宏：

“读书心得”只是一种给你的功课，我只是要你有一种做事的感觉，而且要学会对自己慢慢地负责。所谓心得嘛，很简单，说说由这本书或那本书中得到哪些启示，就叫心得。不要怕，慢慢来，也不要太放在心上，看完一本书，有什么收获，就写来告诉我。不必长，想写就写，不想写，或没有心得，就不写。

你不要对自己没有信心，你的来信好极了，我们当然可以出一本书，是“三毛和星宏的书信”，赚来的钱我们两个人来分。你有写信，当然可以和姐姐分钱，不过以后我们写信要写写心情啦，人生观啦，台南家中的生活啦，而且要写得真诚，不然那本书信集就不好看了。我们还有许多东西没有讲呢。

轮椅做好了时，姐姐要求你写轮椅的功用，你对新椅子的心情，被推出家门去看看天地时有什么悲伤或喜悦，父母又如何的心情。你写信来写这些，就变成了一篇好散文了。

访问这种事情，我也不知对你有什么好处，除了使你的病情被社会注意之外，我也不知还有什么好处。我觉得我们两人好好通信，以出书去赚钱比较正当而有成就感。我们写两年的信，就可以出了。弟弟，你不要以为自己差，你就去写来给我，如同对姐姐话家常一般就好了。

姐姐在台北编一个歌舞剧《棋王》，五月份要演出，所以很忙很忙。为了写稿，也在熬夜，还有许多演讲和活动是推不掉的，每天都是事情，所以身体很不好，常常要累。而家中的电话一天响五十次以上，我和妈妈都被烦死了，例如要我去演讲，要求采访，要我给人写序，要我去吃饭，要我去书店剪彩，要我去上电台……而大家好似忘记了，姐姐也得靠写稿去赚生活费。这些事情是瞎忙，可是都没有钱的，有时叫我去演讲，听的人上千，讲了两小时快把我累死，而空气又坏，我所得到的演讲费，居然只有五百块、六百块，太少了。所以我对演讲不太感兴趣。有些人，在社会上，演讲是先开价格的，我认为非常对，可是我是没有开价格的，因为我不好意思讲价，就随便人送。一般是一千元。如果能够得到两千，我会比较高兴。

好了，星宏，我们真是姐弟了，两个人讲的都是真心话。上面的话，对外人我不说的。

采访的事，我觉得对你的病无益，但是如果有一年（一年半以后）我们通信有了成绩，要共同出书时，我们必定接受采访，因为那对你有益，就是卖书赚钱。说了那么多，这种信将来便不能发表，毕竟太私人了，我们以后写些心情或想法的事，出书才好看。

星宏，我在二月二十四日以后，会很忙，也许不会写信，可是会打电话给你。可是如果你手不酸，请写信来。我们开始在一起做书了。请你告诉爸爸、妈妈，星宏的书信可以出书，自己养自己还可以分给爸、妈。

以你的年纪，你的来信程度很好了。

姐上

记住，每封信我们都要写上年、月、日，出书时才有用。

纸短情长

一九八七年三月四日

亲爱的星宏弟弟：

这些日子来忙碌得要了命，可是心中没有一刻不记挂着你。我们之间，也许是前世真的是姐弟，姐姐对你的感情一日深似一日，几天没有写信给你，就会很急，怕你等信。所以打了电话，而电话中却只是叮咛你几件事情，没法长谈，因你我还不惯讲话，我们通信中又比较可以讲。

你的两封来信中的“读书心得”写来都非常有见解，与姐姐的看法一样，读了心中很高兴。今日本来要给你寄一套姐姐译的漫画书《娃娃看天下》去给你，可是父亲不知道，把我在家中的存书都搬到新家去了（我们下月搬家，一点一点在搬书籍）。因此今天无法寄给你，明后日我去拿了便给你寄上。是非常好看的书。

星宏，姐姐从昨夜开始，为你念诵“南无妙法华莲经”，这是一个朋友教我念的，说这七个字有无上的能力，可以解救你，使你的病减轻，以前也有这种例子，靠念这种经文，改善了好多病人。姐姐电话中与你说的是，有南部的“道友”（佛教徒）非常有爱心，他们要去了你家的地址与电话，要去你家教你妈妈诵念。因他们说，这种病，是胎中带来的，母亲念，最灵。你母亲虽然不识字，可是一共只有七个字，靠背的音节和诚心就可以。

星宏，你万万不可视这件事为迷信，因为有太多的先例，靠这经文，救了许多人。传给我这经文的人，是一个国中的老师，她也是知识分子，可是她因亲眼看见有人生病因此好了，所以切切地要我教你。如果南部的朋友一时中没有去你家，那么姐姐在电话中教你念，你再去教妈妈念，同时姐在台北夜夜为你的病助念，诚心诚意，一定有效果。

再说，你父亲那么苦去赚钱，姐姐看了也很心痛。可是我也仔细想过，如果我们向社会呼救，要求大家付出爱心，给星宏一个新家，这就很难。社会上，人心复杂，如果有了星宏的例子，别人又来求姐姐，姐姐心中不一定愿意。如果说，给星宏治病，就很有理由。可是姐姐私底下慢慢进行，不公开，向朋友们去说，请大家帮忙，暗暗地去做，也许也有结果。我去试试看，请你先不对父母说，如有了，我便汇去，你就交给爸爸，多多少少贴补爸爸一点，也算星宏的心意和金钱。对社会大众，我就不说了。

至于说，那么多人要到大都市中来工作，其实也非常难，在台北，人浮于事，找一个工作，难上加难，而且房租好贵好贵，辛苦工作，相对的开销也大。在都市中，容易堕落，青年男女来了都市，学坏了的很多，成年人来，也不见得有什么好。可是反过来讲，如你父亲每日骑车六十公里来回去上班，也太远太累了。

姐姐在台北忙，都是杂志采访、学校演讲，他们不付钱给姐姐（如采访），如去演讲，很小气，给得也很少，可是又不能去跟人争价格。只有每月写稿，非常辛苦地去写，也不过每月写三万字以下，稿费只够生活开销。在任何地方，赚钱都不易。正如你说，世上有了金钱就有了烦恼，我们不能离开金钱而存活，这真是很叫人无奈的事。

亲爱的弟弟，我总有一天要来看你的，如果可能，六月会来。在这之前，姐姐忙着做许多事情，但是会常常给你写信。请你不要气馁，姐姐对你的情感，是至死方休，一生一世地爱着你，如同姐姐的亲弟弟一般。好孩子，要常常快乐，寂寞时，写信来给姐姐。姐不忙时，也给你写。纸短情长，我的小弟弟，你可要什么都告诉我，尤其是家庭状况。你到底有几个弟弟？一个？两个？

姐姐上

不要不快乐

一九八七年

亲爱的星宏：

没有一日忘记你，可是太忙太忙了，因我父母在搬家，我多少总得帮忙。加上欠稿，演讲，采访，什么写些朋友新书的序，就够忙了。我要寄《娃娃看天下》给你，也没有寄，这个周末三场演讲，一场采访，一场喜酒，一场吃饭，就完了。忙不过来。

星宏，姐姐认了你，就是认了，万一没有信，不要伤心，胡思乱想最不好。你的信都收到，读书心得也收到，我恨自己没有时间。下次如收到姐姐十一月份寄去的零用钱，要来告诉，不然也许我们双方都没有收到，被邮局拿去了。

弟弟，可惜姐姐不在你家附近居住。我一定在今年来看你。

你的乡土很美，来信也好。心中不要不快乐，姐姐很爱你。

匆匆写的已夜深了。台北大雨。

姐姐上

我跟你说，家家有本难念的经，你不要太在意家中的气氛，学着冷静。

最近出去晒太阳，最好戴一顶帽子。

“如果”有人敢歧视你

一九八七年四月十七日

星宏：

下次来台北，有姐姐在了。你的爸爸、弟弟来，也有姐姐在了。没有人敢歧视你，你看那位你的“老哥”，高雄炼油厂的工程师李程清先生，他自己生了皮肤癌，还在出院后写信给你。他一定会去看你，只是迟早问题。

“如果”有人敢歧视你，姐姐先把那个人打死。

刚刚去了台中演讲回来，好累好累，快快写封信给你。

请告诉爸爸、妈妈、弟弟、你自己，台北有姐姐在。寄去《皇冠》一本收到了吗？匆匆写来，无非挂念。

祝好

姐姐上

台北也是冷雨。高楼不好，又挤又乱。

两个人都不许哭哦

一九八七年六月九日

亲爱的星宏弟弟：

很久没有给你写信了，日子一天一天地忙下去，我总是想找些时间给你写几句话，可是总也忙不过来，因为我的爸爸、妈妈在搬家，我也有一个房间在父母家，所以天天忙着搬（我们没有请搬家公司，都是自己手足帮忙，已搬了不下数十趟）。今天是我第一次在父母的新家给你写信，家中大半弄好了。姐姐的生活是如此的，每星期与父母同住大概是五天，另外两天自己家中去住，姐姐有两个住的地方。星宏，关于李篮清大哥叫你背书默书的事情，你不要紧张，他的年纪比较大，所以对你的爱心比较严格，姐姐自己就是一个最不喜欢死背的人，所以对你——弟弟，也是采取“自由式”的方法，因为这种方法最愉快，收获也不能说不大，要看念书人的性情而论。这几天姐姐一直想找《水浒传》这本中国古典白话小说给你看，我想明天上街替你去买，可是《水浒传》这本书很厚，你拿在手中会不会吃力或手酸？另外，姐姐也在替我们找两架一样的收音机和卡式录音机，你一架，我一架。

在台北，有许多商店，我想找一台两千五百块左右的，形状不大，可以收电台，也可以放卡带，下个月下旬去送给你。星宏，我想七月二十六日左右去台南，顺便接一场演讲（在关庙），这样我便是二十五日（星期六）或二十七日（星期一）去你家。（二十六日星期六留给我用来演讲用。）请你及早告诉我，你喜欢姐姐二十七日去看你，还是二十五日去看你？姐姐都可以也都方便。在这以前，会再跟你打电话和写信。快要见面了，好高兴，到时候我们两个人都不许哭哦，难得相见，要快快乐乐。

请谢谢妈妈给我找了石磨，不过这一次姐姐可能是坐飞机下南部，因为开车来太累，我父母也不放心，如果坐飞机来，那么就确定是二十七日（七月）来你家，虽然你的爸爸星期一会上班，我可能碰不到，可是我可以见到你妈妈。最主要的是，可以跟你相伴数小时。石磨一定要用车子运回来，我很想要，可不可以请你妈妈替我保存起来，等我下回开车去时才去搬？

星宏，姐姐是很疼爱你的，你的信写得比姐姐多，请原谅姐姐的忙碌，没有多写信。

你喜欢吃什么东西能不能够告诉我，如果有特别爱吃的，姐姐可以买来给你吃。不然，一小台“收录音机”是一定带去给你的，你如果忍得住，那么就忍住，如果现在也买了那五百元的收音机也没有关系。

陈素漪是教我念经的一位朋友，她很热心，我也是好久没有跟她联络了。她说念经有用，可是我替你念了几次又没有恒心，就停了。许多话要讲，又讲不完。见面再讲。

再谢妈妈的石磨。

弟弟，你要快乐些，姐姐只要活着一天，就顾你一天，你不要太忧伤，现在有父母，将来有姐姐。

五月份一千元有寄出，可是为什么没有收到呢？是交给爸爸陈嗣庆寄出的，他说要补给你。是爸爸不好，他不用汇款偏偏放在信封内，下月我来时一次给你半年的，比较保险。钱寄掉了是我爸爸的错失，他不可以放信封内寄的。不要难过，我再寄。

姐姐上

生活的磨练

一九八七年七月七日

亲爱的星宏：

弟弟读书的问题（大弟）我的看法跟你一样，弟弟去养殖场工作，夜间自己读书而不是再跑那么远去补习。如果小弟在台南，要生活费，大弟又去实习，补习，又要生活费，这样对父母来说负担太重太重了。可是我讲的，大弟一定不同意，姐姐认为，生活的磨练是很重要的事，加上自己苦读，再买参考书，不见得比补习差。你的苦心我明白，希望弟弟们不要再不读书。你小弟可能不是很喜欢念书，你做哥哥的，就得分析他的性向，究竟是读书好，还是去学一门手艺，得个一技之长。姐姐最敬爱面对现实的人，如果今年小弟又没考上，就只得做打算，而不是只往读书中去求前途，不知你有什么看法？如，叫小弟去学个一技之长呢？

从你的来信中，姐姐感到你对这个家情感很深，很爱护弟弟，把家中的问题都往自己身上担，而因此忧心。星宏，世上有许多事情，是解决不了的，这就是人最深的悲哀吧！在我的生活里，也有许多苦痛，自从荷西死了以后，做姐姐的，在精神上非常痛苦，八年了，都无法再快乐起来，我也不再跟人讲这些，因为没有人能了解。目前我跟着爸爸、妈妈，同时又怕他们总有一天会过去，到了那时候，我也是只有一个人了。星宏，我知你已够苦够苦，很多我的苦，就不跟你讲。

七月二十七日我们总可以见面了，目前我的父母不知是否要跟我一同南下，如果他们南下，我就带他们一起来看你，可是目前不知道。这个月的零用钱姐姐不寄，七月来时一次给你半年，数目比较多，你拿个整数也比较有用。我很想多跟你一起，可是这一回的去，可能还是来去匆匆。姐在台北好忙，好忙，都睡不够。星宏，大弟的事情，你跟他再商量。小弟考试如何来信告知。

三毛

你要有用

一九八七年七月二十八日

亲爱的星宏：

看到了你的那一刹间，我也紧张得有些说不出话来。你比我想象的要更瘦，使我心痛不已。骨头碎成那种样子真叫人又气又难过。我真不明白老天是什么意思，就算我们前世做了坏事，下辈子又不记得了，怎么可以用下辈子来补？这是很不公平的，况且你什么也没有做，是个极善良的孩子。这种病，我看世界上没有几个人生过，偏偏是你，你说这残不残忍？虽然止痛药多吃了不好，可是如果实在太痛，星宏你就乖乖地吃药。

从你家回来，那位开车带我去的许先生（关庙去的）一路上都在叹气，我当天晚上住在许先生家，当晚我就跪在地上求神，请神一定要使你不痛，而且我向神要求奇迹，一定固执地要神来救你。星宏，姐姐是基督徒，可是也不反对任何正派的宗教，可是我祷告时，是向神，耶稣基督去求。姐姐很想你也有信仰，可是又担心你父母是佛教徒，怕他们反对你信基督教，所以没有向你讲过宗教的事。星宏，当你心里忧伤，身体又痛的时候，你叫神来安慰你。如果你对耶稣基督有排斥心，那就喊救苦救难的观世音菩萨也是好的。

星宏，以前你常常以自己的病自卑，这是最不应该的事。我知道你心里太痛苦，不愿见人，可是这又不是你的错，你是生病，不是做了羞耻的事，所以你一定要多多见人，在阳台上见到村人也可以打招呼。李大哥讲得很对，你要多讲话，把心情放开朗起来。如果已经被病磨折成这个样子，你再把个性闷起来，不是更苦？姐姐九月中旬又要来看你，那时候姐姐不会再找许先生同来，可以多跟你相处一阵，我们可以讲讲话。

收音机是一架日本进口货，我想你可以在不看书的时候多听广播，在广播中收听知识。我觉得，星宏，《每日新闻》一定要收听，才知天下大事，另外有许多好节目，你自己去找找看，弄熟了，就按时听。我有一个女朋友，名叫陈丽玉，她住在台中县大甲镇，目前她没有再上学，在工厂做“作业员”，她说，她每天一面做工，一面听收音机，在知识上收获很多。这位朋友也是十分挂念你的，她会寄书给你，收到时不要奇怪。星宏，你也许不知道，很多人爱你，很多人关心你，我怕他们太打扰你，所以不许他们写信给你，怕你回信太累，我自己每次给你写信总是深夜，而且我也不写给别人，只写给你。

关于新房子的事情，我极担心你家的新房子地基太低，一下雨又要浸水，请你千万跟爸爸说，要把地基做高才好。一个人建一幢房子是应该的，没有什么闲话好说，我们帮你是出于一片同胞手足之爱，跟房子没有关系。而且，有一幢属于自己的家也是很高兴的事，你病得那么苦，有一天住进新房子一定心情也好些。所以不必理会人家说什么，你不要去听那些闲话。倒是我实在不能明白，星宏，你爸爸收入也不多，一家五口（对不对？父母，你，两个弟弟）生活之外，又加小弟在外生活，你吃药，外加房屋贷款，这些钱怎么够用？请告诉姐姐，你小弟在台南读书一月要花多少？姐姐给你的钱要不要交给父母？另外我想问你，你的爸爸在做事，那你做孩子的看病有没有“工保”或“劳保”，你看病要不要付钱？（我说住院等等。）请你去问爸爸，下次来信告诉我。

下星期姐想寄些侦探小说来给你看，有时我们读书不必当成太严肃的事情，看看娱乐性的小说也没有什么不好。

姐分给两位弟弟的零用钱你要给他们，你自己的存起来，将来总会有用的。星宏，我寄望你把你从出生就写起，用讲话的口气去写在稿纸上（叫弟弟去台南文具店买六百字一张的稿纸，不贵的，多买些，大约一百元或两百元），每天写一段，就如对我写信一样，从小时候写起，姐要督促你，要你成为有用的人，你不可怕困难，将来写成一本书，姐为你去出版，你可以赚钱。

千言万语，说不出我对你的情感和爱，还有，我要你写作，你要有用，不可自暴自弃。目前在生病，可以不写，等不痛了，每天写六百字。不过你也不要太有压力，姐总是疼你的，可是要你努力。我看你的文笔可以写作，正如你所说，郑丰喜文笔不怎么样，可是他的书精神感人。精神比文笔重要。星宏，你是有用的人，要有希望，不要放弃，不要灰心，姐姐一直会鼓励你。

谢谢你的妈妈为我收集那么多“瓮”和石磨，下次姐开车南下就来搬。你看，你说姐姐爱你，你妈妈对姐姐不是一样地好，她为我讨来了那么多姐姐喜爱的东西。请告诉妈妈，所有民间老的用品，姐都爱。

请告诉爸爸，新房子可不能进水。什么时候房子才建好呢？房子的门一定要大，你可以出入，叫人做大些的门。

弟弟，你快乐，姐姐也很快乐，你悲伤，姐姐也悲伤，我们两人也不知前世有什么缘分，大概是姐妹或兄弟。星宏，你再痛还是要去吃药呀！要勇敢，坚强，快乐。好了，姐姐明日还有事，我去睡了。

手痛就少写信，等休息够了才写。

信收好。我的爸爸、妈妈也很爱你，我们两家做好朋友吧。

姐姐上

忙着跑医院

一九八七年八月十一日

亲爱的星宏：

姐姐的妈妈得的是“癌症”，目前已经三进三出医院，下周又去住院。

姐出国去只四天就赶回来照顾妈妈。心里很乱，很难过，因我实在太爱我的妈妈。

你的痛好一点没有？那个医生收你们一千块很坏，我不相信他的膏药有什么用。宏，你是不是再去高雄看一次医生？这样长期痛下去很苦。

姐现在专心去照顾病中的妈妈，精神上的压力很大，因我随时可能失去她。如来信，不要提我妈妈的病，因有时爸爸看你来信，他会受不了。妈妈情况严重，但爸不太知道有多严重，我们瞒着爸爸。

出国回来再与你联络，那时我大概每天跑医院。如你收不到我来信，不要怀疑姐姐对你的关心，姐只是在忙着跑医院。

我会打电话。

姐姐匆匆草笔

只为你着想

一九八七年九月三日

亲爱的星宏：

知道你来过电话，可是姐姐每天都是忙到接近十二点深夜才有时间打电话。刚刚打电话给你，电话铃响了四下无人接，我赶快挂掉，免得吵了你们家人的睡眠。

星宏，你的痛怎么了，有没有好一点？如果吃止痛药可以比较好，你就去吃，但是同时要服胃药。姐常服的一种胃药是乳状的，叫做“胃乳”，下次来信告诉姐姐你吃止痛药后胃的情形。

另一件事情姐要跟你商量，星宏，你是一个病人，这种病，长年要拖下去，我们必须面对现实。我认为，钱对你很重要，但是你一定要告诉姐姐，每月的钱是存起来了，或是交给父母去贴补家用。姐的意思是，姐想替你在邮局开一个“存款户头”，存折写明是郭星宏，以后如姐给你钱，就存在银行户内，一个月一个月存，两三年以后可以是一笔整数，我们姐弟两人不是自私，而是姐姐要“你”有一个存钱的地方，将来老了，可能只有你一个人时，我们可以动用以前存的钱活下去。如果每月零碎花掉，不是没有一点存下来吗？这一点请你想一想告诉姐姐，不必拘束，如果你有别的想法，例如交给父母，姐也能了解，但新房子的部分，必须有你一份名字在内。

星宏，原谅姐姐只为你着想，姐实在是爱你，想为你做最妥善的安排。如你同意，姐就去开户，这种户，任何地点的邮局都可领钱，是最方便的。存折姐每月都会影印给你，当你要钱时，你便说。或且存折由你自己收好，但只为你自己，不能做别的动用。星宏，你必须面对事实，你要钱，在以后的日子里，必须存起来，集少成多。其实你躺在床上，算算钱也算姐姐给你的功课。

这月在姐这儿有七千元，你是要开户存，还是要就由姐汇去，请来信告诉。

我的妈妈开刀由胃一直剖到下面，可以说是“开膛破腹”。现在她回家休养，可是每日必须去医院做“钴六十”的照射。姐姐每天照顾她，洗衣，煮饭，烫衣，买菜，扫地，接待来看望她的人，也照顾七十五岁的老父，时间很紧，心里压力很大，因妈妈开刀后一直喚胃痛，已有二十多天没吃东西，我们怀疑是横隔膜与胃黏住了，而她不可能再开刀，再开她要死了。这整整一个月，姐姐每日忍住悲伤，尽可能对妈妈好，可是她得的病很危险。

自从看见你以后，心中没有一日忘记你，每天星宏、星宏地念着你，你感觉到了吗？本来九月又要来看你，可是母亲那么重病，我走不开。也许十月可以来。搬了新家请速告我，并告我地图，如何走法，这封信我明日打了电话再寄出。星宏，姐姐常常想念你，要快乐些，这样姐比较放心。

上次照片为何没有寄给姐姐？

姐上

来信寄信封地址。

在这样的苦难中

一九八八年一月十三日

亲爱的星宏：

对于写作的事，姐没有在上信中再提的原因，并不是没有看信，而是姐实在不忍心逼你。如果你觉得内心没有力量和技术去写作，姐说破了嘴也是没办法。而且你不能久坐，姐也了解，就没有再提。

星宏，有关你不愿回想的事情，姐也不愿逼你去想。只是姐姐对你总有期望，期望你在这样的苦难中还是要有快乐，有希望，有用。而不只是安慰你。

李大哥对你十分关心，不然他也是个病人，他犯不着去管你，我会跟他打电话，把我的看法告诉他，会说得很婉转，不会得罪他的。星宏，姐姐是个大忙人，身体又坏，常常忙到三更半夜，我的日子，星宏弟弟，你是不能了解的，因此姐心中挂念你，可是连来一次南部都不成。姐后天出国去，二月五日回台，匆匆写信通知你，免得挂念。星宏，李大哥我会去说。乖。

姐上

撑下去

一九八八年四月二日

亲爱的星宏：

我在台北也为了你的事情打听了许多医生，他们的看法和南部的医生讲得差不多。你的病，只有忍耐，等候变化。我知你十分十分痛苦，现在只有承认事实，忍耐下去。

电话中我也跟你爸爸讲了两次，医生说是微血管的问题，我也知道了。这种肿瘤，只有等它钙化，可是如果太痛时，止痛药要加胃药一同吃。

星宏，对于已经存在的事实，我们没有法子改变的，就必须去忍受。姐不是不关心你。这一阵因为你的病，姐也急死了。本来医生告诉我的情况不是很乐观，所以我请你爸爸赶快带你去看。看医生是很费事的，姐在台北看一次医生也是六七小时以上，等。

现在医生对你没有办法，我们只有服药，用冰袋去消肿。这一定要做。冰箱内去放一个“冰袋”，在药房内有卖。是一种内装软胶的口袋，放在冰箱内做冰的那一格去，就会冻成一块冷的硬体，不必用真正的冰块，以前我说要寄给你，可是现在请你家人或弟弟到台南药房中去买，一百多块就有了。

另外姐挪了一万块钱给你，另外汇上。这一万块不是姐一个人的，而是我们家的人大家凑出来的，不必个别写信去谢。反正是我父母，我阿姨，我姐姐，另一位郑小姐以及我自己凑出来的——请只许用在医药费上，因你需要医药费。不可先去买别的，不然再去看医生又没有钱了。收到汇款请来一短笺，姐实在很想减轻你的苦痛，可是我们仍然需要看医生。星宏你要坚强，再苦也得撑下去，如不好，不要怕麻烦，再去看医生。姐只有对你如此说，你要服止痛药。忍过这一段苦时期。姐写字手臂痛，不写了。保重。

姐上

想医你的心

一九八八年七月四日

亲爱的星宏：

在我少年的时候，我眼中少有别人，只看到自己。等到我成长时，我眼中大半看到别人，少看自己。你的苦是真苦，世上真是难以找到这么苦的病，所以姐看到了你。星宏，这种痛苦为何偏偏发生在你身上，已经不必再去找答案了，因为没有答案。

既然已经如此了，如果情绪仍是极不平静，那不是又给自己找了麻烦吗？姐没有办法医你的身体，可是姐这十多个月来一直在想医你的心。姐不愿“陪苦”，姐要求你多多少少快乐起来，不然你的病不能好，姐因为你心事重重，不是拖人下水，于事无补？

星宏，我之所以要求你看书，看书，实在是用心良苦。姐知道你很聪明，可以自我教育，你的情况，也只有看书方便，而书本虽然不能治我们的病，但可治我们的心。起码，看一本好书，使我们神游另外一个世界，可以忘记一下本身的处境。更何况，书看多了，对于人生的认知便会不同，在心境上必有提升。

另有一点，我很喜欢你用功地去读书，这不是为了什么目的，星宏，我期望你和书成为最好的朋友，书是不会看完的，书也不会反抗你，疏远你，冷淡你，相反地，你是不是反抗书，冷淡书，疏远书？姐开出这样的功课来，有很多理由，你读了两三年书之后，心境必然不同。

星宏，姐的妈妈已发了两次癌症，现在又躺下了，她的心情是面临随时可来的死亡和折磨，姐在家中的压力也很大，恐惧也很大，责任也很大。而我自己的病，都不敢再提。来信不必提我母亲的病，怕她看了心情不好。

宏呀，我们不能对任何人有要求，你上信所说之事，我想，久病之后，谁都会比较漠然。你要争气，要一日一日进步。书的事情，一个月买十本，不过一千元，而且听说台南市，有地方买旧书不贵，叫你弟弟去替你跑脚，他当替你去做。一个月十本，如有心得，专心去看，很好了。

宏，姐的身体也不好，但我不告诉你了。

寄上几颗“抗忧郁”的美国药，心情太不好时，睡前服一颗，服了比较爱睡，可是的确有用。是姐的医生开的，绝对没有副作用，如服了好，来信再寄上。我叫它“快乐药”。你现在就服，一周后来告诉我。

姐

有好书请来通知

一九八二年十二月三十一日

宪仁兄[①]：

谢谢你介绍我那么好的书。孙述宇先生所写的那本《水浒传的来历、心态与艺术》，是我近年来所读少有的好书。《世缘琐记》也十分喜爱。你开给我的好书，只买到少数几本，可是受益极多。人生最快乐的事情除了读书之外，便是与好朋友谈书，这两种情趣我都能体会，可说是三生有幸，谢谢你。

《红楼梦》的引介工作我已对学生们做完，以后如何去品尝红楼的美，当是学生们自己的缘分了。

目前我在讲《水浒传》，第一讲是武松与潘金莲“雪天簇火”那一段，写来太美太好，细细字字句句去念，真是享受。可是我个人对武松的看法与孙述宇先生不太相同。（我的看法是，武松对金莲是有情意的，不然不可能饮酒七八杯之后才泼酒骂嫂，是有挣扎之后才拒嫂的，最后当然理教人伦战胜。）一说起书，又有讲

①即陈宪仁（1948—　），1976年起任《明道文艺》杂志社社长，并与三毛相识，三毛逝世后，曾为她整理散佚的作品。

不完的话了。

谢谢你记得我，我没有卡片给你，因为想写一封信。今天是一九八二年最后一天，心中感触良多。最近我仍是忙了又忙，在校时间除了教书之外，也在图书馆看书，很少与台北人来往，这一点十二分地好。

祝你和全家人有一个美好的一九八三年。

有好书请来通知。我愿将读书做我一生的事业。

Echo 上

又及：我有一本一九八三年的记事簿，另外印刷平邮寄给你，今天同时寄出。

我亦爱食

一九八六年十月一日

宪仁：

这一次回台湾的时候，有些舍不得的是三大盒如同图书馆内“书卡”似的西班牙各省食谱卡（一卡一张彩色照，反面是做法），还有一大本《西班牙四季食谱》。结果还是没有带回来。原先我想带回来翻译出书的。

今日收到你寄来“来今雨轩”中的那十八道红楼梦食谱。原来在北平吃的，不是在香港。以我们南方人来看，第一，“油炸排骨”就不够细气，鹌鹑在十八道菜中做了两道，是太多。除非味道完全不同。可是红楼中那么多菜，同一鸟蛋出现两次太多（鸽蛋和鹌鹑并不差太多）。“五香大头菜”是黛玉病中和粥所食，如要选入，当以小米稀饭来配，再分一桌“清粥小菜”。“鲥鱼”这东西我一生中吃过十次以上，“笼蒸螃蟹”我们家以前也是常吃。再说那是湘云请客，宝钗代出的主意，也是吃个秋兴又不愿麻烦厨房太多而想出来的“大众菜”，不算精品。除了这几样以外，其他菜单没有意见。

插图中众人观看食品那张图画，好似是刘姥姥吃鸽蛋滑落地上，满地地在找。桌子有问题。书中吃饭都是“八仙桌”，没有长桌的，贾母坐处看了不惯，好似西方餐桌中主人坐法。如是八仙桌凑成的长桌，那么不该只有四只桌脚。各人座前碗筷应该早已放好，凳子放得乱了，不该如此，即使在画面上。何况他们是大府贵族人家。

那个有名的“茄子”，绝对不能当做一道菜来上，这以上的菜都不该是“一道一道”来的，（如果“来今雨轩”是如此上菜）要知，这是家常小菜，在贾府中，要来便是一起上，如同书中，各人挑爱吃的去吃，不是酒席。贾府中大宴亲朋时也不多次，都没道出如何吃（可卿丧事时当有，但无明文记载），书中所记，都是日常生活中的，当在一起吃而不是十八“道”（又来了，我最怕他们把“五香大头菜”给单独搬上来）。

这篇文章是好看，可是印出来的字太小，副刊我之不看，也是它伤眼太不堪，这一回细细看，很有趣，可是眼累。

“饽饽”昨日我还问了个东北人，以前住北平。她（顾伯母）说，“饽饽”事实上就是馒头，只是做得比台北的又小些。不是包子。

今日我在晚饭中与父母讲起你寄来的红楼梦食谱。妈妈不甘心，说宪仁会吃懂吃，下回他如来台北，请浩芬一起来，孩子可否放在永和两小时，我们来吃妈妈做的“鱼”，还有我们的江浙菜。我当然是高兴，如果两小孩来，我们大人不能细品妈妈好菜（她的咸菜豆瓣羹的确一绝），她说来跟红楼梦比一比。你对浩芬说吗？请她来尝尝。

说到《红楼梦》的食，又使我想到探春，她不能出门去，拿了钱叫宝玉到外边市井上给她去买土制的小玩意儿。我想，中国那么多民间的吃，可惜贾府里都吃不到，如果真能买了进去吃，黛玉当然是第一个嫌脏不吃的，可是贾母见识广了，她不见得不吃，她一吃，别人就都吃了。湘云还有什么不能吃的，有她带头，谁也吃起外边庙口买来的好吃东西。只可惜都养在院子里，没有外面的繁华世界好吃好玩。

《水浒》中吃法又太粗了，只有一回，宋江在“浔阳江头”吃鲤鱼汤着了一下笔，其他人吃东西喝酒都是讲斤的，是有趣。

我这一生，小食中最爱台食。豪华大宴只一次，在香港，金庸请吃“娃娃鱼”（武侠小说中有出现过，如同人鱼）还有狸猫，都非常好吃。台北有几家好店，如你所说，有些好菜，但我都觉不够，因我自己也是煮菜很好的，只是不做，非不能也。荷西做鱼是一绝，可惜不在了。

西班牙人吃野味（十六世纪）非得将野物放至腐烂，肉快掉下来时才吃，亦是一绝。其实世上人都爱吃食，我亦爱食。最近回来瘦了一些，这十几日在家中又胖了回来。

昨日荷西忌日，家中无人记得，我自然不说，还来了客人在家中大吃，我也陪着，心中漠漠然的，只到深夜，这才发呆，无泪。

谢谢看信。谢谢寄来好稿。

Echo

大陆行

一九八九年四月十八日

宪仁：

正在苏州赴杭州去的船上。船在运河里开。

月亮白白地照着江南无边无涯的油菜花田，还有一幢一幢白墙烟灰青瓦的双楼农舍。

我一个人。

正是四月十八日一九八九年清晨拂晓之前的白夜。

堂哥哥懋文睡了。

这不是琏二爷陪着林妹妹回家走水道去了？

中国大陆十三天，没有一天，眼中不冲出泪水来。故国家园，江山如画，一旦置身其中，恍惚如梦。而今不知真假。

宪仁，不能再回到从前的我了。

撞了“寒山寺”的钟。当时细雨黄昏冷春，寺中寂寂无人，三五游客绿枫石径不碍。小和尚认出三毛，拉去钟楼说“你敲”。

面对大钟，钟槌正对易经干卦，三毛用力推动钟槌，黄昏里冷雨中一下再一下再一下，用力敲呀，慢慢敲，上一声余音接尽时，再一声当——

下钟楼时，热泪如倾。

初抵姑苏当夜，表哥请吃饭，一个小女孩子拿上来一条白丝手帕，打开一看，无字。

——林妹妹来接了。

走时，码头送客已回，又是寂寂无人，恸哭之后倒在铺上，用手帕蒙着赤红的脸，这时，窗外有人叫名字，船开了，扑上去，岸上一个十六岁的女孩子不动也不挥手地向我直视告别。

——林妹妹来送了。

宪仁，你一定一定一定要在我回台之后来看我。

我这一生太受上天疼惜，这一回的大陆行就是死了也值得。

这是一次“红楼梦”之旅，史湘云大妹子，也来过了好多次，以各色各样的形态来与我呼应，信不信，大妹子跑到我身体里来，一瓶花雕下去，偷出花厅，走进小院假山后面，花里躺下——醒来，哥哥嫂嫂围着我笑呢，说：“妹妹吃了酒，睡在这儿呢。”他们叫我妹妹。

下一本书——

《悲欢交织录》

作者：在春楼主

三毛

这封信，是由大陆对台湾发出的第一封信，给陈宪仁，她一生的好朋友。

真是欢迎

一九八八年五月十一日

加代[1]：

收到你的来信真是很高兴。我的书一共有十数本，其中跟《撒哈拉的故事》取材有关连的另一本，叫做《哭泣的骆驼》，不知你看了没有？

我的书，有三四次去跟日本出版公司商谈，都没有下文，如果你想试一试的话，真是欢迎。不过你有孩子、丈夫和家庭，在工作上会不会拖得比较长呢？

总之，我很喜欢你替我试试翻译成日文，不过要累了你。或是，最好先找一家出版社，他们答应了，你再工作，是不是比较不会白做？其他细节我们再谈好了。

另外航空寄上《哭泣的骆驼》一本给你做纪念。当成印刷品寄出。

我的通讯处是：

---

①即妹尾加代（1942—　），生于日本高知县，1964年赴中国留学，1991年将《撒哈拉的故事》译介到日本。

陈平（三毛）

×× 路 1××－3 号 ×× 楼

台北市

电话：(02) 7××－2×××

祝你

快乐

朋友三毛上

写作最可贵的是

一九八八年八月九日

亲爱的加代：

再有你的消息真是太好了。我觉得，《撒哈拉的故事》只是第一本书，后来我又写了许多本。直到一九七九年我先生荷西 Maria Quero 在水中逝世，那一连串的人生，才是有血有肉的深刻人生体验。我想把全套的著作寄给你，“撒哈拉”的生活，充满了生命中的光和热，直到荷西意外身亡之后，才是涕泪人生的开始，是真正以血以泪写出来的文章。丈夫过世九年了，我的心路历程很长，也成长了太多。我知一口气讲出来，以你一个人的精力，是太累太累，可是可以请人合作，由你做总结的修正和翻译。

我们不必急，一旦有出版社感兴趣，他们就会有计画地出全集。不然，先出《撒哈拉的故事》以及《哭泣的骆驼》也可。但你不要太累，要找人做你的副手，一同来做。以前我在台湾的出版社好似代我接洽日本一家叫做什么“小学？？”的出版社，但没有回音。目前在全世界的中国人，都在看我的书，加代，但我只有台湾才收得到“版税”，整个中国大陆印了我接近一百万册书，没有付我版税，但我并不太生气，写作最可贵的是：把心灵与朋友分享，把人性的光辉传扬给世界上的人，而不只是为了金钱，你懂得我的，是不是?

下星期我会寄一个“包裹”给你，是我全部的著作，你收到一定十分欣喜。请你慢慢看。至于《撒哈拉的故事》以及《哭泣的骆驼》的“节译本”是早已出了十六国语文，所得稿费全部才三千美金，我觉得太少了，可是也卖断了。加代，等我的“包裹”，我会快快航空寄给你。日本出版的事，真对不起，辛苦了你。亲爱的朋友，我不知如何感谢你，你太辛苦了。

小松先生请特别谢谢！感谢你们。我很感激。十月十五日我再去印度、尼泊尔旅行，十一月又在台湾了。九月也在台湾。深谢。祝

好

三毛敬上

得了你这位知音

一九八八年八月十四日

亲爱的加代：

我们翻译的事情，能成就好，不能成，也得了你这位知音，请不要有太大的压力。

这本书，原想与其他的作品打包裹寄给你。可是目前我的“肌腱发炎”太痛苦，需要去住院了。我没有秘书，目前去邮寄包裹就提不动那么重的书。我一本一本寄给你，就比较省力。怕你久等，所以尽快寄上。

目录中有红圈的是与沙漠故事有关的，这一本非常感人，有一两个故事。《哭泣的骆驼》这一篇当是沙漠故事的结束。不过请你指教了。等我手背不再剧痛了，我会再与你联络。这几天真是太痛了。辛苦你。祝

安康

朋友三毛上

上信收到了吗？

我不再敢去看的书

一九九〇年六月五日

加代：

我的好朋友。来信今日收到了。不知说什么才好。你打电话来的时候我正由中国“丝路”回来，在生病。旧伤又发。你的好消息，我一直有一种做梦的感觉，不大相信那是真的。

开始等你的来信，终于等到了，说不出对你多么感谢。

许多的话想对你说，很多，很多，因为自从荷西逝世以后的这十年半，我经历了太多的变化。《撒哈拉的故事》是我不再敢去看的书，有一次翻了几页，快要发狂了，一直呆呆的。

我在台湾的出版社只有“中文版”的出版权，而“著作权”仍属于我本人，所以在日本出版的事情只需我与你的同意，就可以签约了。

请你有时间的时候，给柏原先生再联络一次好吗？我也等候他与我联络，我们此地来的合约如是日文，可以请翻译社去译的。加代，我们再合作《哭泣的骆驼》。又要辛苦你了。

我父亲的FAX号码是：886－2－3××7×××。

请转告柏原先生好吗？我是想自己办这些事，可是怕日文不通。加代，谢谢你，谢谢你。请告诉我，可否写中文信给柏原先生？

（我在病，对不起，写得短。）

三毛上

日文版的诞生

一九九〇年十一月七日

亲爱的加代：

没有你的深情与努力，没有日文版的诞生。谢谢你。我在此信中拥抱你。

所要的“前言”，El Aliun[①] 阿雍小城的大略地图，以及我家中当时的平面图在此寄上给你。另外 Reader's Digest 的日文版节译本影印也附上给你，当时地理情况和时代背景在最后一页，有日文说明。

我想将自己的著作全部送给你，但目前太忙太忙，连吃饭的时间都谈不上，因我在去年受伤以后用九个月的时间去编了一个电影，现在已拍摄完成（在中国东北拍的），前日被宣布此片已入围港台最重要的电影大奖“金马奖”十二项提名。我被提名“最佳原作编剧奖”候选人。（但我并不满意这部片子。）

去香港参加此片“首映典礼”。十一月十几日回台湾。又被迫

① 疑似作者笔误，应为 El Aaiún。

接了另外一个电影剧本。我也很喜欢这份工作，只是太累了。

希望明年出书时，能够拥抱你。

再度谢谢。请问候柏原先生。

三毛

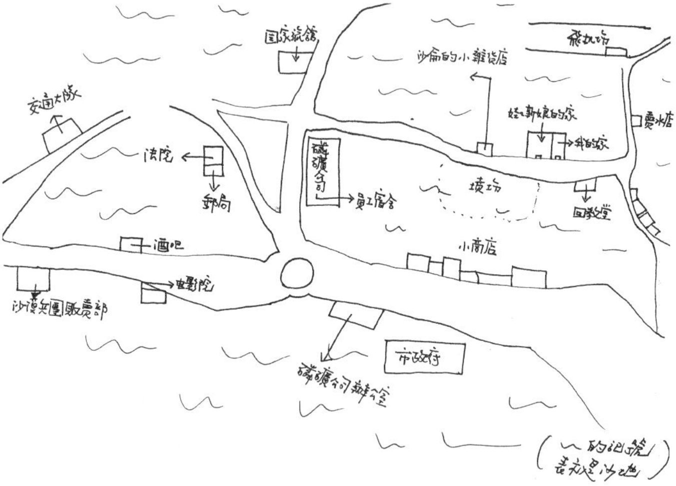

阿雍小城的地图。

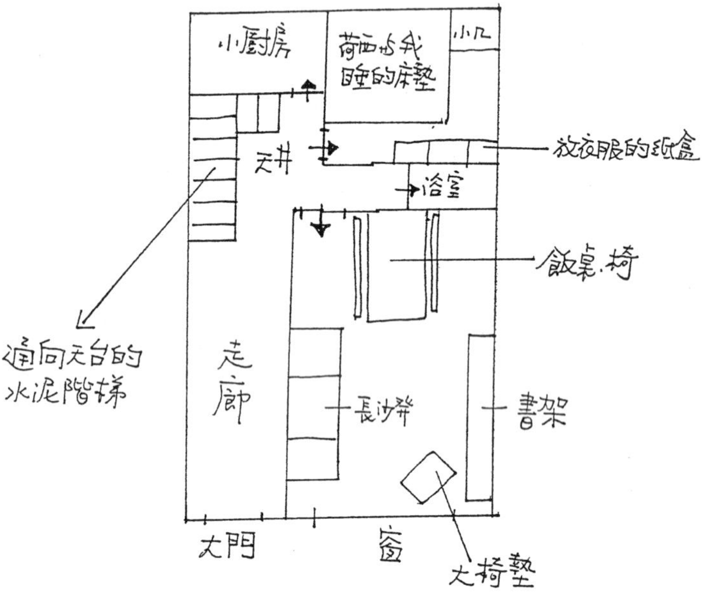

這是我在EL ~~ALIUN~~ 的小家平面圖。
ALIUN

三毛是三毛　我是我

一九八九年七月八日

竹青叔[1]：

前一阵由台湾直接寄去了一个大口袋的信、邮票、我家中布置的全套照片，不知是否已收到？是六月二十日发出的。以往的信，有时请香港友人代转，但他们不肯收代转邮费。我认为长此下去，终是麻烦了朋友。现在台湾已开放直接与大陆通邮，实在令人快悦。只是不收挂号以及包裹，只受理平信。

此次在国内，除了张乐平全家之外，我也在各地交了许多朋友，他们都有信来，使我真是快慰。竹青叔，最近来信都有收到(一封是婶婶写来的)，婶婶文笔好，对我最是疼爱，我已在六月二十日寄出的信中有回复（寄办公室，因是大信封，顾念信封大，家中邮箱小，可能放不进去而寄办公室，叔要的邮票胡乱剪了一些，下次再剪了寄上)。

这次的信，为何未写婶婶之尊称呢？原因是我又要来谈“书

① 即倪竹青（1920—2018），浙江舟山人，书画家，三毛一家在南京生活时的旧识。1989 年，三毛回故乡舟山探亲，两人阔别四十年后重逢，并保持通信。

画”了。是这样的，我得了叔叔墨宝，内心甚为寂寞，但初时找了生意人朋友，我与叔叔一样，志气很高，未言求售（谁舍得？），他们马上想到价格，使我心中黯然，也不再去了。由此再印证了，生意人，百分之九十，都是一看到物，就想是否“转手有利可图”，这是他们职业的本能，不可批判。但我不是。我父亲更差。（他很怕很怕向人收取当得的公费，开出来的价，是其他律师的六分之一，青叔，你看父亲老不老实？）

好，我有一日来了一位女友（又一位），她是摄影师，穷得要命，可是人太有程度。她来送我一幅照片，我在家中拿出青叔手稿来给她看。次日，她打电话给我，说，有三位朋友（都不是生意人）想看青叔手稿，我因太忙，说等四日可好。他们不等，昨日自携饮料、酒、菜，在夜间八时抵达我家。

我看他们如此真诚，连吃的、喝的都不麻烦我（连筷子都自备而来）。于是，我当然做了一些“心理诱导”。我先声东击西，把手边所存的别人书法、字画拿出来给此三位行家先阅。他们看了也很客气，说不错不错。但我知他们并未被激起内心感动。于是把他们吊胃口吊了一小时，开始介绍那一生淡泊、不求名利、自得其乐的竹青叔。也将这批手稿如何全部到我处的故事讲出来。当然啦，竹青叔、婶如何把老箱子赠我，如何打开来一看——青叔倾尽半生心血而不多言一句的胸怀，都在那故事中讲出。好，青叔，我们五人，摄影师王瑶琴、侯秉政律师（五十多岁）、林正贤（四十岁左右）、小善（学书法的一位女孩，二十多岁），我们由夜九时，看青叔稿，到天亮（天完全亮）才散。看八小时。不够。

侯律师、林正贤两位性情中人，看了几度偷偷擦泪。他们与我一模一样，我们看人的字、画，要看入书画中那作者创作时的心路历程，那就是“精神”，而“功”是次要。青叔是“功力”足，“精神”更极感人。两者不可缺一。那林正贤讨来青叔照片，一面看青叔相，一面看字画。我是忍着，忍着，等到他们看了小幅，这才把小楷、小体行草铺出来。看见一幅尚未写完的《赤壁赋》，竹青叔也交给我，一时大家哗叫：“三毛，竹青叔如此对待你，他是倾尽所有了呀！”

青叔，你不知你自己有多好，这几位朋友，他们是一种性情中人，侯律师嘛，也不太办案，天天拍照，看书法，背诗词；那林正贤是为“五斗米折腰”之人，在上班；王瑶琴根本只教了一班摄影班，半饿死状况；小善是个小女孩（在我眼中）。当我们看见青叔有一句话“五斗岂能折我腰”时，这林正贤说“我爱上竹青叔叔了，哦，我爱上他了”。一定向我要青叔地址，说“要写信给青叔，说：青叔，此道不孤”。我说外间翻拍一张，要十元美金。他们虽然口说太贵了，结果昨日借去六幅（行草），我盯得紧，叫“林正贤，你如果给我掉了，我先死给你看，你再自去跳淡水河”。林正贤将你一张照片（内有婶婶）也偷去了，要去翻拍。此地好友之间，讲话真是真诚。

青叔，我根本不挡，林正贤也是拍照狂，他们讲，要来看竹青叔，而且要自杭州包车直放沈家门。偷偷拍叔的生活起居一两日，再请青叔同车回杭州来，我们一同去玩。如青叔体力吃得消，他们想请青叔在杭州附近走走，再同去苏州（我们乘天堂号赴苏州，看太湖、周庄古镇）。其实，他们想抢些好照片（不是三毛，是竹青叔）留给息戈、止戈、平戈传家。叔，他们是大师级的，但平日不拍人像，是拍风景。当心，这几日侯律师、林正贤可能会向您去信。是交一个朋友，表达他们对青叔的敬爱。

我知，这些人不是草包，他们也不会被我骗倒。是青叔的成绩激起了他们的感动。都哭吆。他们说：我们去看竹青叔婶时，绝对不麻烦他，自己在街上吃好东西才去。拍两天就好。也不要青叔写字。

他们在商量，我们一大箱带去，全是文房四宝，最重要的是好宣纸，好印泥（我们去西泠印社买），如青叔要看什么帖，此地有一家书店，有两百〇二种中国历代以来名人字帖，是日本人出版的。我当它是图书馆，常常去看，一套要十一万台币，合四千四美金。可是，如买一本，才十八美金。我们不必全部，我看青叔很爱郑板桥、苏东坡，如青叔开些名人字帖来，我将大喜，因二〇二本买不起，如买十数本，又何妨？请青叔快快开来。

又，我在市面上见一印谱，是齐白石的，但未有“注”，我看不懂。印谱在此我也看，但不是太多。帖也不多，是日本人出了，我们大悦。他们又说，要送叔一套刻印的刀子之类，尚有印子。

总之，青叔，我的朋友们，跟我一样，都是真情流露，自然而然，又很淡泊名利，直畅亲切之人，完全不理政治，我们也不去管国家大事，连钱都不想去“折腰”之人，天天浸淫在诗词歌赋、画画、摄影之中。我又加了一个本事，我看书看得成“痴”而不肯再写（人家写得比我好）。

青叔放心，我吃版税，多多少少，一个人日子可过。我个人极不爱吃、穿，不住华屋，但对于“文物”是一狂人，亦不买，止于欣赏就好。这三年来在台湾，我手中所见古董真多，是他人收藏，我去看看。结果上次去“浙江美术学院”参观，看校内收藏，也可接得上话，不丢脸。我表哥吓了一跳，大概什么朝代的文物，我看看就可说出来。油画我在全世界各大博物馆中也看了太多。倒是中国部分仍觉不足，要再有时间慢慢进步。

青叔，您的作品，现在极爱之人，有一，是我至交好友王恒，拉大提琴，也是高雄交响乐团副指挥，他自己也练过毛笔，但眼高手低。是他爱惜青叔，今日我去他家中拿菜（他夫人烧好，叫我去拿），他翻出一对联，为郑板桥之字拓下来的，要送青叔。我看他自己亦是千难万难方才得来，不肯拿。又翻出七八颗鸡血石，叫我拿了给青叔。我亦未拿。另一就是那看青叔字哭出来的女友。另外，是一个国文老师，他收于右任的字，苦到吃馒头，骑脚踏车，可是收书法。他看了青叔的画，其中一幅“竹椅，猫，红辣椒”，叫了起来。此人又看青叔把竹、石、诗夹画，说古人是有此画法。又是青叔欣赏者。

再来就是向叔叔请售横幅小楷的那两位。另外就是上面所讲的侯秉政律师、林正贤、王瑶琴、小善。我们现在都约好，绝对不要竹青叔有名，一定要保护。竹青叔看到此处一定笑出来，但肯定能懂我们的深情。一旦青叔成了大名，求字求画之人，永无宁日，作品也不再是“随心所欲”，反而失去人生快乐自在。

我自己的心态很平衡，三毛是三毛，我是我，但只见“身役，形役”，我的“心役”是绝对不肯。不过毕竟也是很苦，苦在时间都被三毛分去。能够一生涂涂写写，三五知己看看欣赏，实是人生一乐。所以我们很宝爱青叔的目前，但是您看，已有人来求青叔售字了。这我来接，不可强迫时间，青叔想写才写。对了，还有一人至爱青叔之画，就是《明道文艺》主编陈宪仁，亦是我好友。总结起来，文人爱青叔。文人中又有在此中苦求名利之人，但我不结交。我这数位朋友，真是对青叔崇拜至极，我亦有荣哉。

今日青叔六月十五日来信中，有给父亲一封，他大喜。父亲不肯跟我们同行，就是嫌我风头太大，使他手足无措。但心中，又偶尔在等待收了来信指名给他，此种心情，我很明白。父亲七十七岁并不老，但自己不写信，如何又等人来信？他现在已不太提笔了，但收信仍极喜。他也不见得立即回信。好在，他收青叔一封信，可喜半年以上。

今日只做二事：去朋友家中拿菜，写信给青叔。

现我已搬回自家中来住，原因是台湾已入酷暑之期，我自宅楼顶上有一小花园，必须每日浇水，花才不低头。我如不住此，要每日来浇花，实在费事费时。母病又开刀一次，现我每日回家看看。母亲是好母亲，我心中自是爱她，三年来我日日在家中，她没有想吃想穿，天天讲她的病。夜深人静母睡，我方匆匆回些信，看看书。但母亲一觉睡醒方才清晨四时，我未睡。她又摸来我房中讲话，等她讲好话，又去再睡。但天已亮了，我失眠。

所以我搬回来自宅中住也好。但日日去看视，也煮晚饭。父亲自愿洗碗、擦地。我也给他做。这是他对母亲的感情，他要做，喜擦地，我也不去抢（没有用，他很坚持）。好在姐姐、弟妹都有煮菜去，也很孝顺。

我小住此二月，又会搬回去。心中实在矛盾。因我平生极爱，就是静静看书，不喜讲话，更不喜应酬。凡书都看，不一定是文学。目前在看中国园林大师陈从周先生的一本好书，叫做《说园》，是陈大师此次在国内送给我的。我也每周去一次一家极好书店，看日本人出版的《中国帖》。那家店无人去，有冷气，不赶人，座位灯光一流，等于一流图书馆。他们叫我去做“店长”，我觉得上班时间太长，早九时至晚九时，薪不高。一旦做了店长，就忙，反而不能如客人坐下看书，我不去。

青叔那日在沈家门家中对我说，孩子们有彩电，叔婶看看黑白就好。我其实没有忘记这一句淡淡的话。今日接信，大喜。止戈得了彩电，送给父母看，令我心中非常欣慰，这是止戈的孝心，我看了至为感动。不过，我觉得，青叔婶没有冰箱，暑日来临，如有冰箱可以放菜。是否我来时，可在港购一小冰箱带单子来给青叔？我不大知道可否。不然我们现地买也可以。秋天如果一切不变，我和朋友们很想来，我们再议细节。

我是担心，政治局势要变。我们是一群一生与政治无涉之人，但是如果海峡两岸要改，那我要伤心死了。对于国内，除了有些亲戚烦人之外，一般朋友、各单位对我真是没话说地好。出版社也有信来，请我去领稿费，来信真是客气有礼。我深爱中华民族，自忖国学太差，要向国内跑的次数还有许多次。张乐平先生亦有信叫我再去家中小住，我对他，也是有缘，非常爱他，也处得非常愉快，跟他全家，都好。

舟山故乡，我根本未看清楚，都是三毛此名累人，但乡亲爱我厚我，电台、电视台对我亦是极好。我内心实在想再来一次，悄悄与朋友们来，三日内就走，又不足。不然，不回故乡，请青叔来杭州，但那爱上了青叔的疯子林正贤定要拍青叔日课照片，不来舟山，他必不满足，因他当然想拍婶婶。这些以后再讲。婶婶、弟弟们要什么，请来信告知。此次我等于未对弟妹认识，实是当时人太多，止戈、息戈根本不能谈话，心中甚怅。连婶婶，我都未谈，但婶婶对我情深厚爱，我都领会。玉镯在我处。珍藏。土产事，见面再说。

三毛敬上

与您的文笔最有感应

一九九一年一月一日[1]

平凹先生：

现在时刻是西元一九九一年一月一日清晨两点。下雨了。

今年开笔的头一封信，写给您。我心极喜爱的大师。恭恭敬敬的。

感谢您的这枝笔，带给读者如我，许多个不睡的夜。虽然只看过两本大作，《天狗》与《浮躁》，可是反反复复，也看了快二十遍以上，等于四十本书了。

在当代中国作家中，与您的文笔最有感应，看到后来，看成了某种孤寂。一生酷爱读书，是个读书的人，只可惜很少有朋友能够讲讲这方面的心得。读您的书，内心寂寞尤甚，没有功力的人看您的书，要看走样的。

在台湾，有一个女朋友，她拿了您的书去看，而且肯跟我讨

① 1990 年 12 月，《陕西日报》发表陕西人民广播电台记者孙聪采写的《三毛谈陕西》一文，三毛在采访中谈到对贾平凹作品的喜爱。由孙聪搭线，贾平凹给三毛寄去他的作品，并邀她游西安。这是三毛写给贾平凹的第一封也是最后一封信。

论，但她看书不深入，能够抓捉一些味道，我也没有选择地只有跟这位朋友讲讲《天狗》。这一年来，内心积压着一种苦闷，它不来自我个人生活，而是因为认识了您的书本。在大陆，会有人会搭我的话，说："贾平凹是好呀！"我盯住人看，追问："怎么好法？"人说不上来，我就再一次把自己闷死。看您书的人等闲看看，我不开心。

平凹先生，您是大师级的作家，看了您的小说之后，我胸口闷住已有很久，这种情形，在看《红楼梦》、看张爱玲时也出现过。

有次在香港有人讲起大陆作家群，便一口气买了十数位作家的作品，一位一位拜读，到您的书出现，方才松了口气，想长啸起来。对了，是一位大师的诞生，就是如此。我没有看走眼。

以后就凭那两本手边的书，一天四五小时地读您。

要不是您的赠书来了，可能一辈子没有动机写出这样的信，就算现在写出来，想这份感觉——由您书中获得的，也是经过了我个人读书历程的"再创造"，即使面对的是作者您本人，我的被封闭感仍然如旧，但有一点也许我们是可以沟通的，那就是：您的作品实在太深刻。不是背景取材问题，是您本身的灵魂。

今生阅读三个人的作品，在二十次以上的，一位曹霑，一位张爱玲，一位是您，深深感谢。

没有说一句客套的话，您所赠给我的重礼，今生今世当好好保存，珍爱，是我极为看重的书籍。不寄我的书给您，原因很简单，相比之下，三毛的作品是写给一般人看的，贾平凹的著作，是写给三毛这种真正以一生的时光来阅读的人看的。我的书，不上您的书架，除非是友谊而不是文字。

台湾有位作家，叫做“七等生”，他的书不错，但极为独特，如果您想看他，我很乐于介绍您他的书。

想我们都是书痴，昨日翻看您的自选集，看到您的散文部分，一时里有些惊吓。原先看您的小说，作者是躲在幕后的，散文是生活的部分，作者没有窗帘可挡，我轻轻地翻了数页，合上了书，有些想退的感觉。散文是那么直接，更明显地真诚，令人不舍一下子进入作者的家园，那不是“黑氏”的生活告白，那是您的。今晨我再去读，以后会再读，再念，将来再将感想告诉您。

四月底（一九九〇年）在西安下了飞机，站在外面那大广场上发呆，想，贾平凹就住在这个城市里，心里有着一份巨大的茫然，抽了几支烟，在冷空气中看烟慢慢散去，而后我走了，若有所失的一种举步。

吃了止痛药才写这封信的，后天将住院开刀去了，一时里没法出远门，没法工作起码一年，有不大好的病。

如果身子不那么累了，也许四五个月可以去西安，看看您吗？倒不必陪了游玩，只想跟您讲讲我心目中所知所感的当代大师——贾平凹。

用了最宝爱的毛边纸给您写信，此地信纸太白。这种纸台北不好买了，我存放着的。我的地址在信封上。

三毛敬上

图书在版编目（CIP）数据

我的灵魂骑在纸背上 / 三毛著．-- 海口 ：南海出版公司，2021.10

ISBN 978-7-5442-9795-0

Ⅰ．①我… Ⅱ．①三… Ⅲ．①书信集－中国－当代 Ⅳ．①I267.5

中国版本图书馆 CIP 数据核字（2021）第 156808 号

著作权合同登记号 图字：30-2021-035

我的灵魂骑在纸背上

三毛 著

出　　版　南海出版公司　(0898)66568511
　　　　　海口市海秀中路51号星华大厦五楼　　邮编 570206
发　　行　新经典发行有限公司
　　　　　电话(010)68423599　　邮箱 editor@readinglife.com
经　　销　新华书店

责任编辑　黄宁群
特邀编辑　陈梓莹　王心谨
营销编辑　李清君　李　畅
装帧设计　韩　笑
内文制作　张　典

印　　刷　河北鹏润印刷有限公司
开　　本　880毫米×1168毫米　1/32
印　　张　8.5
字　　数　176千
版　　次　2021年10月第1版
印　　次　2025年1月第8次印刷
书　　号　ISBN 978-7-5442-9795-0
定　　价　49.00元